Kustantaja: BoD - Books on Demand, Helsinki, Suomi
Valmistaja: BoD - Books on Demand, Norderstedt, Saksa
ISBN: 978-952-33-0347-8

1. Sonnivuori

Vuoren harjanne pilkotti etäällä jo kauan ennen kuin pääsin sen lähelle. Harjanteen muoto muistutti torahammasta, ylätasanteelta nousi korkea piikki huipulle. Tuuli viskoi toisinaan puiden oksia ja muuta irtainta tasanteella olevaan luolan suuaukkoon. Sen lähellä kasvoi lehtipuita, jotka taipuivat tuulessa. Kaukaa katsoen saattoi kuvitella jonkun lakaisevan luudalla luolan suuaukkoa ja - kovemman tuulenpuuskan sattuessa - kaivelevan sillä hampaan koloon jääneitä roskia ikäänkuin ruoan tähteitä.

Olin tulossa vanhalla Volkkarillani entisille kotikulmilleni Kesäjärven kuntaan pitkän poissaolon jälkeen. Tarkoitus oli mennä Väinö – sedän maatilalle. Tilalla sijaitsi myös vanha kotini, sedän vanha asuintalo. Vanhempani muuttivat siihen sen jälkeen, kun sedän uusi asuintalo oli valmistunut.

Väinön vaimo oli sittemmin menehtynyt parantumattomaan sairauteen ja Väinön kohtaloksi muodostui myöhemmin liikenne-onnettomuus. Se, että parilla ei ollut lapsia, oli varmaan eräs syy saamaani perintöön. Asianajotoimisto oli nimittäin ottanut minuun yhteyttä ja pyytänyt käymään toimistolla. Siellä oli selvinnyt, että minä,

Pekka Puolajanmäki, olen perinyt Väinö-sedältäni
parinkymmenen hehtaarin suuruisen maatilan Kesäjärven
kunnan Kesäjärven rannalta.

Tilaan kuuluu iso maatalo ja lukuisia pienempiä
rakennuksia. Vanha asuintalo, aittoja, navetta, riihi, puuvaja,
maakellari, pihasauna, venevaja, vene ja rantasauna. Tila on
ollut asumaton sedän kuolemasta saakka, vajaat kaksi vuotta.
Perintöön kuuluu myös rahasumma, jolla elää hyvinkin pari
kolme vuotta. Sinä aikana olisi keksittävä keino uusien
rahahanojen avaamiseksi, jos mielin jatkaa asumista tilalla
edelleen.

Olen nyt samalla muuttamassa talolle asumaan
tarkoituksenani ryhtyä korjaamaan päärakennusta. Yhdelle
miehelle siinä riittää hommaa pitkäksi aikaa. Kuultuani
perinnöstä mietin ensiksi, miten suhtautua asiaan. Keväällä
kuitenkin pyysin ja sain palkkatyöstäni kaksi vuotta
virkavapaata. Siksi aikaa rahoitus ainakin on turvattu. Sen
jälkeen voin sitten katsoa, miten asiat ovat. Ollaanko
omavaraisia vai pitääkö palata entiseen elämään.

Siitä oli jo lähes vuosi, kun äitikin oli menehtynyt
sairauksiinsa. Hänellä niitä oli ollut useita, ei voi olla varma,
mikä niistä lopulta sai hänestä yliotteen. Olinhan minä käynyt
Kaisaa katsomassa, mutta ne käynnit olivat olleet täynnä tämän

sairautta ja lääkkeitä. Oli pitänyt kuunnella ja vastailla tämän kysymyksiin, jotka eivät kaikki olleet tätä päivää.

Onko isää näkynyt? äiti saattoi kysyä. Kerroin hänelle, että isä oli kuollut jo kauan sitten. Niin, niin, kyllä minä sen tiedän, äiti vielä yritti. Mutta hiljeni sitten. Vähän päästä hän tiedusteli, olinko sattunut näkemään naapurin Berttaa. Nimestä päättelin hänen tarkoittavan henkilöä, jonka kanssa äiti oli leikkinyt kouluikäisenä. Joten vastasin totuuden mukaisesti, etten ole häntä nähnyt.

Nyt olin vapaa hoitovelvoitteista, ja saatoin katsella synnyinseutuani tarkemmin. Muistella lapsuuden leikkejä, katsella nuorena kulkemiani maisemia, kävellä tuttuja polkuja, tavata vanhoja kavereita. Sikäli kuin heitä olisi jäljellä. Saattaahan olla, että kaikki tutut ovat muuttaneet muualle, asutuskeskuksiin.

Näitä miettiessäni olin ehtinyt Sonnivuoren juurelle. Paikka oli saanut nimensä läheiseltä maatilalta karanneen sonnin mukaan. Eläin oli piileskellyt vuoren juurella vaikeakulkuisessa maastossa toista viikkoa ennen kuin se oli saatu kiinni. Vuoren juurella oli pysähdyspaikka ja sen varrella kesäkahvila. Turistit jäivät usein ihastelemaan vuoren jyrkkää kauneutta.

Polku kiipesi loivempaa rinnettä parisataa metriä ylös

tasanteelle. Tasanteelta alkoi myös kalliokiipeilijöitä kiehtova jyrkempi nousu suoraan ylöspäin. Vuoren huippu muodostui kapeasta piikistä, jolla juuri ja juuri pystyi seisomaan kahdella jalalla, sikäli kun pääsi niin korkealle.

Huipun lähelle pääsi myös kulkemalla parin kilometrin verran vuoren rinnettä kiertävää polkua. Mutta huippu oli saavutettavissa vain jyrkkää vuoren seinämää pitkin. Sillä huippua ympäröi etelän puolelta vaikeakulkuinen louhikko, jonka ylittäminen ilman apuvälineitä oli mahdotonta.

Vuoren huipun valloittaneita henkilöitä oli kyläläisissäkin useita. Kapeasta huipusta johtuen myös onnettomuuksia oli sattunut. Ainakin kolme miestä oli pudonnut vuorelta alas. Tästä äkkikuolemasta johtuen yksi miehistä oli jäänyt kummittelemaan vuorelle ja sen läheisyyteen.

Vuosien kuluessa ohi ajaneet autoilijat olivat nähneet varsinkin sumuisina iltoina miehen juoksevan tielle auton eteen. Joskus autoilija oli ehtinyt jarruttaa ja kuljettaja nousta autosta katsomaan, kuinka juoksijan kävi. Mitään miestä ei koskaan ollut löytynyt. Eräs autoilija väitti kivenkovaan nähneensä, miten mies jäi auton alle, mutta ketään ei kuitenkaan näkynyt eikä autossa havaittu törmäysjälkiä.

Tie Sonnivuoren ohitse haarautui kohta pienemmäksi sivutieksi. Matkaa oli vielä jäljellä alun toista kilometriä. Tien varrella oli lähde, jolla tiedetään olevan mystisiä voimia. Ihmiset ovat esimerkiksi huuhtoneet siinä silmiään ja saaneet näkönsä takaisin. Tästä todisteena lähteen reunoille on aikaisemmin kasaantunut koko joukko tarpeettomaksi käyneitä silmälaseja. Lähde on melko kookas, sieltä on joskus haettu ämpärikaupalla vettä kotitalouksissa käytettäväksi. Lähde pysyi aikaisemmin sulana miltei läpi talven. Vain tulipalopakkasilla se peittyi ohueen jääriitteeseen, mutta silloinkin jostain kolosta valui aina pieni vesinoro.

Aikaisemmin lähteestä nousi joskus höyryjä. Toisinan ne olivat eteerisiä, niitä oli helppo hengittää. Toisinaan höyry tuntui kurkussa pistävältä. Silloin sen vaikutus oli ennalta arvaamaton. Höyryä hengittänyt ihminen saattoi joutua jonkinlaiseen transsitilaan ja rupesi näkemään näkyjä. Vaikutus alkoi pian höyryhengityksen jälkeen ja kesti vähintään puoli tuntia.

Itse asiassa olin nuorukaisena kokenut tällaisia hallusinaatioita. Olin kulkenut usein lähteen ohi ilmaa haistellen ja mikäli höyry tuntui pistävältä kurkussa olin jäänyt maleksimaan lähistölle ja seurannut tilanteen kehittymistä kuin elokuvaa.

Tällöin näin poikkeuksetta itseni kömpivän tasanteella olevan luolan suuaukosta sisään. Siellä minua odotti usein aula, jonka seinät olivat täynnä nuolia ja kylttejä. Niissä ohjattiin kävijä haluamaansa paikkaan.

Kyltit vaihtelivat mielialani mukaan, toisinaan niissä luki *juniorit, muusikot, elämäänsä kyllästyneeet,* .. Joskus seinillä näytti olevan *lattareita, thaihieronta,* .. Sopivin välein seinille asetetut kyltit neuvoivat kääntymän sivukäytävään valinnan mukaan.

Mielialasta riippuen luolassa näkyi toisinaan myös esimerkiksi *ukkosilmaa ja salamointia* tai *kesäinen järvimaisema leppoisine poutapilvineen.*

Pysähdyin lähteen luona ja jäin muistelemaan menneitä aikoja. Kävellessäni tunsin kurkussani pistävän hajun. Onkohan tämä sitä? ehdin ajatella kun näin jo itseni luolan suulla. Valtava mielihyvän tunne valtasi minut. Oloni oli todella levollinen. Tuntui kuin lähde olisi sanonut "mukava saada sinut tänne takaisin".

Mielihyvän tunteen haihduttua näin ensimmäisenä *alkulima* – huoneen.

Suunnistin sinne. Muutuin alkulimaksi.Mietin, millaiseen maailmaan haluaisin syntyä. Vai jatkaisinko nykyisessä olomuodossani alkulimana? Mikä olisi tehtäväni maapallolla, jos päättäisin syntyä uudelleen. Mikä maa olisi asuinpaikkani ja ketkä olisivat sopivia vanhemmikseni?

Muistikuvissani vilahtivat aikaisemmat elämäni. Ne olivat olleet aina jollain tavalla jatkoa edellisille. Olin jatkanut joka kerta jotain elämääni siitä kohtaa, mihin oli edellisellä kerralla jäänyt. Koskaan jatko ei ollut toteutunut täsmälleen sillä tavoin kuin olin kuvitellut. Paremminkin jokainen elämä oli ollut täynnä yllätyksiä.

Oli minulla toki ollut inkarnaatioita, jolloin olin heti lapsena osannut puhua vierasta kieltä sujuvasti. Sen tätytyi johtua siitä, että olin aikaisemmassa elämässäni asunut paikassa, missä puhuttiin tätä kieltä. Tai olin jo lapsena osannut soittaa ulkomuistista Beethovenin kuutamosonaatin. Mitään ihmelapsen leimaa en kuitenkaan koskaan halunnut, mieluummin elämäni saisi näyttää ulospäin tavalliselta. Vaikka minulla sattuisikin olemaan joitakin erikoislahjakkuuksia.

Vanhempien valintakaan ei aina sujunut ongelmitta. Oppineella isähahmolla saattoi olla ominaisuuksia, jotka eivät olleet hyväksi lapsen kehitykselle. Lempeän äidin reaktiot hankalassa tilanteessa saattoivat yllättää ja ihmetyttää.

Pilven päältä katsoessani näin ihmisen sieluun. Seurasin aina ensin kiinnostavaa pariskuntaa, jonka voisin valita vanhemmikseni. Valitettavasti pystyin tutustumaan ainoastaan heidän sielunelämäänsä. Kaikki muu oli yllätystä. Perheen varallisuus ja ihmissuhteet selviäisivät vasta kun syntyisin maan pinnalle. Asuinympäristö saattoi olla yhtä hyvin Eurooppa kuin Etelä – Amerikka tai Joulusaaret.

Saatoin katsella pilven päällä myös pätkiä viimeisestä elämästäni. Tuossa vieras nainen aikoo vietellä minut, mutta pysyn lujana. Nainen raahaa minut väkisin asuntoonsa. Näen, miten pyristelen pakoon.

Tuossa olen suorittamassa pankissa elämäni parasta sijoitusta. Pankkivirkailija kuitenkin puhuu minut ympäri. Ei tuollainen riskeeraaminen kannata. Ja niin pyörrän päätökseni. Jälkeenpäin harmittelen sitä sillä, sijoitus olisi tehnyt minusta Nokia – miljonäärin.

Hallusinaation haihduttuaa istuin vielä tovin. Päätin sitten palata autolleni. Ehkä kiipeäisin joskus tulevaisuudessa vuorenhuipulle. Jos sattuisin putoamaan alas, en jäisi kummittelemaan vaan suuntaisin suoraan alkulima-huoneeseen ja ryhtyisin valitsemaan tulevia vanhempiani. Ainakin saisin seuraavassa elämässäni jollain tasolla sopivan isän ja äidin. Vaikka nähtäväksi jää niin heidän elintapansa kuin asuinpaikkansakin.

2. Vanha kotini

Ajoin lähelle kalliota vanhan kotitaloni pihaan. Kallion juurella meillä oli tapana oleskella kesäpäivän kuumimpina hetkinä. Vanha puutarhakeinuseisoi vielä paikallaan kallion kupeessa. Avasin talon ulko-oven sepposen selälleen. Ummehtunut ilma hönki vastaan, taloa ei ollut tuuletettu pitkään aikaan. Vetelin verhot auki ikkunoiden edestä ja pyyhin pahimpia pölyjä.

Portaat natisivat kävellessäni ylös ullakolle. Vanhastaan muistin, että neljäs askelma pitää pahaa ääntä. Yritin astua sen yli, mutta kompuroin ja aiheutin vielä suurempaa melua. Nuorempana onnistuin kulkemaan tämänkin kohdan yli hiljaisesti. Asuin silloin kesät vintillä ja kuljin sinne toisinaan yöaikaan. Joskus meni kylillä vähän myöhempään, varsinkin jos olin sattunut löytämään sopivaa tyttöseuraa. En ollut käynyt lapsuuskotini vintillä pitkään aikaan. Nyt halusin katsastaa sen läpikotaisin.

Vintin ovi narahti, se on aina ollut tiukka eikä saranoita ole kai koskaan voideltu. Vinttiin ei ole rakennettu huoneita. Rakentaminen kyllä aloitettiin, mutta huoneiden tarve väheni veljeni ja minun muutettua pois kotoa. Ja niin työ jäi kesken. Sisäkattoon ehdittiin kyllä laittaa panelit, jotka näyttävät melko uusilta vielä nytkin, vuosia niiden asennuksen jälkeen.

Irralliset lattialaudat kolisivat niille astuessani. Kärpäset ja ampiaiset pörräsivät sisäikkunoissa auringon säteiden osuessa ruutuihin. Ennestään tiesin, että lämpötila nousee vintissä korkeaksi kuumina kesäpäivinä. Yritin päästä nopeasti takaisin alakertaan. Kuulin harakoiden hyppivän katolla.

Etsin tavaroiden joukosta jotain käyttökelpoista. Astuin kumilelun päälle, se vingahti. Kotoa muuttomme jälkeen vinttiä on käytetty satunnaisten vieraiden yösijana. Heidän jäljiltä sinne on kertynyt kaikenlaista tavaraa. Pari nurkkaan heitcttyä laatikkoa kaatuivat aiheuttaen kolinan lisäksi sekasortoa muutenkin kaoottiseen vinttitilaan.

Tultuani vintiltä alas katsastin nopeasti asuinkerroksen huoneet, keittiön, vanhempieni makuuhuoneen ja salin. Sillä nimellä olin tottunut kutsumaan omaa ja veljeni makuuhuonetta, johon myöhemmin ahdettiin televisio ja vaarin peruja oleva nahkasohva. Mitään ihmeellistä ei silmiini osunut, joten suuntasin kellaritilaan.

Kellarin portaissa oli myös natisevia askelmia. En vain muistanut, mitkä ne olivat. Portaiden alta kuului hiiren rapinaa. Sinne laitoimme ennenkin hiirenloukun juuston pala syöttinä. Joskus piilotin kellarin portaiden alle tytöiltä saamiani kirjeitä. Minulla ei ollut muutakaan paikaaa, missä olisin niitä säilyttänyt. Muistan veljeni vakoilleen minua ja kaivaneen kirjeet esiin.

Kerran hän oli vienyt kirjeenvaihtokaverini englanninkielisen kirjeen luokkatoverilleni ja pyytänyt tätä suomentamaan sisällön. Sen seurauksena sain postissa kirjeen, joka muistutti alkuperäisttä englanninkielistä kirjettä. Australialaisen kirjeenvaihtokaverin kotipaikka oli vain muuttunut Konginkankaaksi.

Avasin pannuhuoneen oven, se paukahti jälkeeni kiinni yhtä voimakkaasti kuin ennenkin. Kurkistin pesuhuoneeseen ja saunaan. Sama vanha tuoksu löyhähti kasvoilleni. Palasin takaisin ja pistin molemmat ovet hakaan, ne sulkeutuivat naristen. Astuin tilaan, jossa on öljysäiliö. Sinne johtava ovi oli talon äänekkäin. Nuoruudessani minulla ei juuri ollut asiaa tähän tilaan. Astuin autotallista pihalle ja suljin oven.

Suuntasin kulkuni pihakeinuun. Se näytti jo aikansa eläneeltä, mutta kesti vielä painoni kun istuuduin siihen hetkiseksi. Talon yhtä seinustaa reunustivat korkeat männyt, muistan runoilleeni niistä tähän tapaan:

" Niin piirtyivät mieleeni muistikuvat.

Muita selvemmin

oli edessäin

kiiltäväkaarnaiset, korkeat hongat

ja tammikuun pakkanen.

Valo siivilöityi läpi usvan

ja männyn runkojen."

Talon scinustalle äitini laittoi aikoinaan pienen kukkapenkin, mihin istutti tavanomaisia perennoita. Niitä hän kasteli samoin kuin veranna ikkunalla olevia pelakuitaan ja muita kukkia.

Piha oli hiekkamaata, joten sinne tehtiin perunapelto. Myös porkkanaa ja tilliä kasvatettiin pieniä määriä, samoin herneitä ja mansikkaa. Kasvimaalle jouduttiin tietysti tuomaan multakuorma tai pari, jotta satoa saatiin.

3. Väinölä

Väinö – sedän uudempi maatalo sijaitsi muutaman kymmenen, ehkä sadan, metrin päässä vanhasta, vanhempieni aikanaan asuttamasta talosta. Lapsena olimme usein kyläilleet sedän luona puolin ja toisin. Varhaisimmat muistoni lapsuudesta ja näistä kyläreissuista liittyvät koulunkäyntini alkuvuosille.

Olin esimerkiksi juuri saanut Väinö - sedältä potkupallon ja juoksin sen perässä ympäri pihaa. Ja sedällä oli kyllä pihaa melko suuri pläntti. Siitä huolimatta potkaisin innoissani pallon kohti lehmihakaa sillä seurauksella, että pallo osui laidunta ympäröivään piikkilanka – aitaan ja tyhjeni. Siihen kaatuivat haaveeni jalkapalloilijan urasta, jos niitä oli koskaan ollutkaan.

Joskus vietimme joulua sedän luona. Muistan eräänä jouluna saaneeni pukilta sukset. Suksiin oli kiinnitetty valmiiksi siteet ja mukana tulevissa monoissa oli pohjissa reiät oikeissa kohdin. Myöskin hiihtoharrastus sai kovan kolauksen, kun katkaisin sukseni pihalla heti ensimmäisenä päivänä ne saatuani. Tästä en voi välttämättä syyttää piikkilanka - aitaa, vaikka jouduinkin varomaan sitä ladun kulkiessa aidan vieressä. Sukset kyllä paikattiin aikanaan pellin palasella, mutta pelti tihkaisi sen verran, että kilpahiihtoon ei niillä suksilla ollut asiaa. Onneksi kilpailuviettini ei suuntautunut myöskään hiihtoon.

Kävin tutustumassa erikseen jokaiseen tilalla olevaan rakennukseen. Aitasta löysin pari maitotonkkaa, joissa vastalypsettyä maitoa oli aamuisin viety meijeriin. Tonkat piti kuljettaa ja nostaa maitolavalle, mistä meijeriauto kävi ne hakemassa. Samalla oli mahdollista tilata meijeristä maitotuotteita kuten voita tai juustoa. Maitokärryt näkyivät olevan aitan seinustalla. Myös työkaluja kuten sahoja, vesureita ja höyliä näkyi aitan nurkassa olevan.

Pihasauna oli edelleen käyttökelpoinen, pitääkin kokeilla sitä ensi tilassa. Puita näkyi olevan aitan takana liiterissä. Riihi näkyi vähän kauempana, se oli sijoitettu tarkoituksella niin, ettei mahdollinen tulipalo polta samalla muita rakennuksia. Riihtä nimittin piti lämmittää kun viljaa siellä puitiin ja joskus se saattoi tulla liian kuumaksi.

Mietiskellessäni lähteen aiheuttamia harhanäkyjä muistin yhtäkkiä, että Väinö oli käynyt myöskin kylpemässä lähteessä. Mistä se nyt tuli mieleeni ja keneltä olin kuullut asiasta, en tiedä. Joka tapauksessa minusta tuntui siltä, että minun olisi parasta suunnata sinne kylpemään. Tuumasta toimeen.

Ajoin lähteelle ja valmistauduin kastautumaan siinä.
Olin kuullut, että eräs tapahtuma oli hiljattain avannut syvältä
maan uumenista reitin kuumalle vedelle ja silloin lähteelle
syntyi kylpypaikka. Lähde pulppusi toisinaan Geysirin tavoin
päästäen ilmoille lämpimiä vesipatsaita ja niiden laannuttua
eteerisiä höyryjä. Tällöin lähteessä on miellyttävää kastautua,
kylvyt ovat sinä hetkenä jopa terveellisiä.
Halusin nyt itse tuntea lämpimän vesisuihkun, mikäli sellainen
oli odotettavissa. Laskeuduin veteen ja tunsin kohta veden
valuvan niskassani. Suihkun loputtua eteeriset höyryt tunkivat
sieraimiini. Tunsin virkistyväni niin sielun kuin ruumiinkin
puolesta. Seisoin lähteessä autuaana, kun näin jonkun kulkevan
ohitse.

Yhtäkkiä tuntui siltä, että näin ohikulkevan henkilön
ajatukset. Nuori mies tuntui olevan huolissaan siitä, mistä saisi
asunnon kun oma koti on myyty ja uudet asukkaat muuttavat
sinne viikon kuluttua.

En ehtinyt pohtia asiaa pitempään. Minulla oli kiire
tavoittaa kulkija autollani. Niinpä nousin lähteestä ja puin
päälleni. Pukiessani minusta rupesi tuntumaan, että kulkijan
kävelytyylissä oli jotain tuttua. Olin varmaan joskus
aikaisemmin tavannut tai nähnyt hänet, mutta en heti muistanut

milloin ja missä. Saavutin kulkijan hetken kuluttua ja pysäytin autoni.

- Hei, anteeksi että häiritsen. Olet varmaan paikkakuntalaisia?
- Kyllä, olenhan minä.
- Ei mutta, sinähän näytät tutulta. Ollaankohan me tavattu aikaisemmin?
- No nyt kun sanot, niin epäilen, että olemme olleet yhdessä kalastamassa setäsi tilalla.
- Aivan niin, mehän rakensimme kerran keväällä pienen lautan. Väinö – setä sanoi sitä kopukaksi. Sillä me laskimme järveen itse tekemämme pitkän siiman, muistatko?
- Muistan hyvinkin. Kaloja ei sillä kertaa tainnut tulla, mutta saatiinhan kokemusta.
- Ja minä kastelin vaatteeni. Putosin lautalta kylmään veteen.
- Niin, olisi sen lautan voinut rakentaa vähän isommaksi saman tien.
- No, en kuitenkan vilustunut. Sinun nimesi on kai edelleen Lauri?
- Kyllä vaan. Ja sinun Pekka!
- Naulan kantaan. Mutta olen menossa juuri sinne maatilalle. Ehditkö mukaan?
- Sopiihan se.

Matkalla selitin Laurille, että olen perinyt setäni maatilan. Aion ryhtyä korjailemaan paikkoja. Itse asiassa olen juuri nyt muuttamassa tänne. Tilaahan rakennuksessa on runsaasti, itse en kaikkea tarvitse. Kuka ties saatan vuokrata muutaman huoneen jollekulle asunnon tarvitsijalle. Ajattelin itsekseni, että Lauri saattaisi olla kiinnostunut tarjouksesta. Mutta annan hänen itse kertoa asunnon tarpeestaan, jos haluaa.

- Muistaakseni sinulla on kokemusta rakennusalan töistä. Olisiko sinulla aikaa tulla kunnostamaan taloa? Heitin Laurille kysymyksen. Hän sanoi miettivänsä asiaa, ja jatkoimme taloon tutustumista.

Käytyään tilalla kaikki paikat läpi Lauri kertoi, että korjattavaa talosta kyllä näyttää löytyvän. Voitaisiin yhdesssä suunnitella, mikä työ on kiireellisin ja minkä kanssa voi vähän aikaa vielä odotella. Työ veisi aikaa useita viikkoja eikä Laurilla ole kohta asuntoakaan. Hän on asunut vuokralla, mutta asunnon omistaja on myynyt sen ja uudet omistajat muuttavat sinne jo viikon kuluttua.

Arvelin, että minun puolestani Lauri voisi asua täällä työmaalla tilan pääraken-nuksessa. Jos se vaan passaa. Talo on liian suuri yhden henkilön asua. Sitä paitsi kyllä tänne mahtuu morsmaikkokin, jos Laurilla on sellainen katsottuna. Minulla itselläni ei tällä hetkellä ollut ketään naisen puolta kiikarissa.

Vanha on lähtenyt omille teilleen eikä uutta ole vielä löytynyt.

Lauri vaikutti mietteliäältä. Ehdotin, että katsotaan vielä kerran huoneet läpi ja valitaan niistä Laurin käyttöön sopiva.

- Kyllä sen ehtii myöhemminkin. Täytyy kysyä Katariinalta, mitä mieltä hän on asiasta.

- Sinulla on siis vaimo jo katsottuna?

- No, vihille asti ei olla vielä päästy.

- Mutta häitä olette jo suunnitelleet?

- On siitä ollut puhetta.

- Täällä teillä olisi kylliksi tilaa asua. Ja muista asioista voitaisiin sopia tarkemmin, jos päätätte muuttaa tänne. Remonttitöistä suoritetaan tietysti maksu erikseen.

Tarjouduin ajamaan Laurin takaisin päin, mutta hän sanoi kävelevänsä ja hölkkäävänsä mielellään. Tulee tehtyä kunnon lenkki ja voi samalla miettiä asiaa.

Laurin mentyä ryhdyin suunnittelemaan omaa korjausurakkaani. Ensiksi laitoin jääkaapin päälle ja ryhdyin valitsemaan omaa huonettani talosta. Valintani osui rauhalliseen kamariin, joka ei ollut heti oven vieressä. Kannoin sinne mukanani tuomia tavaroita ja siivosin huoneen asuttavaan kuntoon.

Sitten istahdin kaikesta touhusta väsähtäneenä tuolille eteeni tuijottaen näkemättä mitään. Hengähdettyäni

23

kymmenkunta minuuttia terästin katseeni. Havaitsin silmieni edessä ikkunapöydällä karvaisen tärpän. Se oli ollut siinä koko ajan, mutta näin sen vasta nyt. Väinö oli saanut sen kerran satimesta ollessaan onkimassa nieriöitä vuoripuroalueella. Hän pyydysti toisinaan kärppiä niiden turkin vuoksi. Tämän yksilön hän kuitenkin oli täyttänyt ja jättänyt itselleen koristeeksi. Täytettyä kärppää Väinö oli kutsunut tärpäksi. Annoin katseeni viipyä elikossa vielä hetken ja lähdin sitten jääkaapille etsimään ruokaa.

Syötyäni makaronilaatikkoa ja juotuani yhden kolmosoluen palasin huoneeseen takaisin, otin tuomani sanomalehden käteeni ja istahdin tuolille. Luettuani viimeiset uutiset säpsähdin.

Mikä se oli? kysyin itseltäni. Jokin ei täsmää, jokin on erilailla kuin äsken. Katselin epäluuloisena ympärilleni. En heti havainnut muutosta. Vasta pitkän ajan kulutua tajusin, että tärpän turkki oli muuttunut punaisemmaksi. Se on ollut aina tähän saakka valkoinen.

Mitä on tapahtunut? Voiko täytetty kärppä vaihtaa talviturkkinsa kesäisempään? Sehän on pelottavaa. Nyt täytyy rauhoittua, ajattelin. Ehkä olen niin väsynyt, että näen harhoja. Parasta korkata toinenkin olut, saisi olla oikeastaan nelosta. Nauttiessani keittiössä ohrapirtelöä katselin kamariin päin ja yritin kuumeisesti keksiä ratkaisua ilmenneeseen ongelmaan.

Samassa ilta-auringon säteet valaisivat ikkunan värjäten tärpän

turkin punertavaksi.

Rauhoituin.

Jäin miettimään tulevaa asumistani täällä maatilalla.

Ehkä voisin vuokrata asuntoja nuorille pareille. Täällä nuoret

saisivat asua edullisesti, lähes ilmaiseksi, mikäli osallistuisivat

talon töihin. Työtä tehtäisiin kohtuuden rajoissa, etupäässä

puutarhanhoitoa ja kalastusta. Pyrittäisiin omavaraistalouteen.

Nuoret voisivat asua aluksi kunnostettavissa tiloissa ja

kun ne on saatu asuinkelpoisiksi, voitaisiin rakentaa uusia

tiloja vanhemmille ihmisille. Siis henkilöille, jotka omasta

halustaan pyrkivät pois oravanpyörästä. Nämä talot voitaisiin

rakentaa vähän kauemmaksi päärakennuksesta, metsän

reunaan. Siellä olisi vielä rauhallisempaa ja sieltä voisi tehdä

halutessaan kävelylenkkejä metsäpoluille ja marjametsään.

Lisäksi pitää rakentaa lähelle rantaa grillikatos tai vastaava

paikka yhteisiä tapaamisia ja illanviettoja varten. Lauri tuli

parin päivän päästä kertomaan, että he muuttavat mielellään

tänne Väinölään Katariinan kanssa asumaan heti kun se kävisi

päinsä. Hän toi samalla mukanaan työkaluja, joilla voisi

aloittaa remontoinnin. Tarvikkeet Lauri

kantoi vintille ja sanoi, että he voisivat asua näin kesäaikaan hyvin vinttitilassa. Ja jos asuvat pitempään, rakentavat vinttiin huoneen tai kaksikin. Suunnitelma tuntui minusta hyvältä. Ja niin Lauri ryhtyi kuljettamaan vintille sekä nuorenparin muuttokuormaa että tarvitsemiaan työkaluja.

Lauri oli nimennyt paikkani Väinöläksi. Minusta nimi oli sopiva ja päätin käyttää sitä jatkossakin. Katariinan tavatessani hiukan myöhemmin tulin vakuuttuneeksi siitä, että pariskunta on oikein sopiva yhteisöasumiseen. Olin saanut lähteeltä taidon kurkistaa ihmisen sisimpään tavatessani hänet ensi kertaa. Laurin kohdalla se oli toiminut ja näytti toimivan myös Katariinan nähdessäni.

Kun nuoren parin muutto oli valmis, sovittiin siitä, että Katariina laittaa kerran päivässä lämmintä ruokaa myös minulle. Selvittelin Laurille ja Katariinalle yhteisöasumisen suunnitelmaa ja tiedustelin, olisiko heillä tiedossa sopivia nuoria, jotka voisivat asua yhteisössä. Tai tiesivätkö he henkilöitä, jotka olivat hyppäämässä pois oravanpyörästä. Joitakin nimiä tuli tällöin esille. Heiltä päätettiin kysyä asiaa. Halusin kuitenkin itse tehdä lopullisen päätöksen siitä, hyväksytäänkö ehdokas yhteisöön. Asia jätettiin hautumaan. Hikoiltuani tilan töissä kävin usein lähteessä kylpemässä. Yhdistin tapahtuman joskus kauppamatkoillekin. Toki kävin järven rannassakin uimassa varsinkin saunapäivinä, mutta minua kiinnosti lähteen toiminta ja sen salat.

Katariinan tavattuani menin käymään lähteessä. Tuntui kuin se haluaisi kertoa minulle jotakin. On kuin lähde olisi jo odottanutkin minua. Se nimittäin päästi ilmoille kohta eteeriset höyrynsä. Astuin lähteeseen ja ajattelin Lauria ja Katariinaa.

Samassa lähde iskosti päähäni vastauksen: Lauri ja ... ovat oikein sopiva pari yhteisöön. Oliko minulle tullut ajatuskatko, kun en huomannut ajattelevani Katariinaa. Mutta sitähän lähde oli tarkoittanut ja senhän olin tiennyt jo muutenkin.

Harvoin näin kenenkään muun kylpevän lähteessä. Ja jos siellä joku joskus olikin, niin lähde pysyi tyynenä ilman vesisuihkua ja höyryjä. Joskus mieleeni tuli, että ohjaako joku muu lähteen toimintaa, vai tapahtuuko kaikki sattumalta? Voisiko Väinö olla kaiken tämän takana? Olihan hän menehtynyt juuri näillä tienoin. Olin kuullut tästä tapauksesta seuraavan tarinan.

Väinö oli ollut kävelemässä illalla töiden jälkeen lähteen luona. Ilma oli ollut sumuinen. Hän oli saattanut kylässä käynyttä tuttavaansa tämän palatessa kotiinsa. Sonnivuoren ohi oli ajanut puutavaralastissa oleva rekka-auto. Auton eteen oli vuorelta juossut mies. Kuljettaja oli säikähtänyt ja mennyt katsomaan, miten miehen kävi. Mutta hän ei nähnyt ketään maantiellä. Hän oli peruuttanut autoa ja katsonut uudestaan. Tulos oli sama, kukaan ei ollut jäänyt alle. Kuljettaja luuli sekoavansa ja päätti pitää lepotauon. Sitä varten hän ohjasi autonsa sivutielle lähteen luo. Sillä kohtaa näytti taas siltä kuin joku kävelisi auton alle. Kuljettaja jarrutti raivokkaasti mutta ei mennyt heti katsomaan, vaan arveli silmiensä tehneen hänelle tepposen. Kun hän vihdoin tuli autosta ulos, hän näki maassa viruvan yliajetun miehen.

Hälytettyään apua paikalle kuljettaja ei suostunut enää nousemaan rekka-auton rattiin. Kaksi viikkoa myöhemmin hän irtisanoutui työstään. Tämän tapauksen jälkeen havaittiin tiessä vaurioita. Auto oli ajanut lähteen reunalle ja osa sen lastista oli pudonnut lähteeseen. Oikeastaan lähteeseen oli lentänyt useita tukkeja auton äkkinäisen pysähdyksen seurauksena. Yliajo tapahtuman jälkeen rekka tukki koko sivutien. Meni useita tunteja ennen kuin löytyi uusi kuljettaja ajamaan auton tieltä pois. Lähteestä nosteltiin sinne lentäneet tukit pois ja pinottiin lähistölle. Yksi tai useampi tukki oli kuitenkin muuttanut veden virtausta lähteessä. Jokin kanava oli auennut syvemmälle maan sisuksiin. Sen seurauksena lähde alkoi suihkuttaa toisinaan kuumaa vettä.

4. Antti ja Marjaana

- *Oletko jossakin lähellä ?* Marjaana kyseli Anttia kaivaten.

- *Täällä, suu täynnä mutaa.* Antti haukkoi henkeään.

- *En näe sinua. Minne olemme joutuneet ?*

- *Yritä pitää pääsi tämän liejun yläpuolella. Näen sinun valuvan mutavyöryn mukana alaspäin. Olet kolme metriä edelläni. Tartu kiinni johonkin oksaan tai puun runkoon.*

- *Tämä ei voi olla totta, miten jouduimme tänne? Tuossa on tukevan näköinen karahka, yritän saada siitä otteen.*

- *Hyvä, pidä lujasti siitä kiinni. Kyllä me tästä selviydymme. Minä olen ihan takanasi, roikun kiinni kuusen oksassa.*

- *Kas, nyt vauhti näyttää hiljentyvän. Muta häviää vähitellen maan uumeniin. Tunnen taas kovaa maata jalkojeni alla.*

- *Huh huh, olipa se aika kyytiä. Mutta onneksi ollaan taas tutuissa maisemissa. Antti* puuskutti istuutuen *lähteen luona olevalle penkille.*

- Niin, täällä lähteen luonahan me olimme äskettäin. Ja sinä halusit kierrellä ympäristössä ja haistella ilmaa, sanoit että lähde voi joskus aiheuttaa hallusinaatioita. Marjaana puheli istahtaen Antin viereen penkille.

- Niin, sellaista olin kuullut kavereilta. Ja näyttää siltä, että
paikkansa tuo pitää. Sillä äsken kokemamme mutavyöry ei
ollut todellinen vaan mielikuvituksen tuotetta.

- Totta puhut, eiväthän meidän vaatteet ole sen kuraisempia
nyt kuin tänne tullessamme. Lähde sai aikaan tuon
kuvittelemamme tapahtuman.

Ihmetellessään vielä tapahtunutta Antti ja Marjaana eivät
huomanneet, että kolmaskin henkilö oli saapunut lähteelle.
Tämä suuntasi kulkunsa heidän luo tiedustellen saako hetken
häiritä ?

- Mikäpä siinä, molemmat viittasivat tätä istumaan penkille.

Tulija kertoi olevansa Pekka ja muuttaneensa juuri lähistölle
Väinö - setänsä taloon. Uutena tulokkaana hän sanoi olevansa
kiinnostunut lähteestä ja sen toiminnasta. Väinö – sedältään
hän oli kuullut joitakin juttuja, mutta halusi nyt tutustua asiaan
paremmin. Nähdessään täällä lähteen luona ihmisiä Pekka
päätti udella, onko heillä jotain tietoa lähteestä.

Antti kertoi Pekalle heidän äskeisestä kokemuksestaan.
Pekka kyseli, olivatko molemmat kokeneet saman
harhakuvitelman. Samoin Pekkaa kiinnosti, minkälaisessa
mielentilassa pariskunta oli lähteelle tullut ja oliko tämä heidän
ensimmäinen tällainen kokemus. Kumpikin sanoi olleensa nyt

ensimmäistä kertaa täällä paikan päällä, mutta mitään erityistä he eivät olleet mielentilassaan huomanneet.

Pekka kertoi sitten perineensä maatilaan ja sanoi vuokraavansa sieltä muutaman asunnon tarvitseville, hänellä kun oli tilaa yllin kyllin. Ehkä tilalta saattaisi löytyä vähän töitäkin.

- Haluaisitteko tulla katsomaan, millaista työtä minulla olisi tarjolla?

- Jaa rakennushommia? Antti kysyy.

- Niitäkin. Oletko ollut rakennuksilla töissä ?

- On siellä tullut muutamana kesänä oltua. Talvisin ei niinkään.

- Taidat olla oikein kirvesmies ?

- Vähän voi olla sitä vikaa, vaikka enempi olen tehnyt hanslankarin hommia.

- Niin kyllä sieltä muutakin hommaa voisi löytyä.

- Onks sulla sitt tilaa majoittaa meidät? Marjaana utelee.

- Kyllä tilaa on, jos muuten sovitaan asioista.

- Milloin me voitas sitt poiketa?

- Sitten, kun teille sopii.

- Voisit sä nyt viedä meidät autolla kattoon sitä sun paikkaa? Ja toisit sä sitt meiät takasin?

- Kyllä se käy. Lähdetään vaikka heti, kun olette valmiit.

- Selvä. Käväistään.

Matkalla kerron, että asuminen tilalla olisi edullista, jopa ilmaista työntekoa vastaan. Samoin ruokailu. Mutta kaikki on vielä alkutekijöissään. Ainakin yksi pariskunta on jo muuttanut tilalle ja lisää on tulossa ajan mittaan. Perillä esittelen paikan tilat ja kerron, mitä puuhia siellä voisi tehdä.

- Käyttämättöminä olleita tiloja pitäisi laittaa asuttavaan kuntoon. Avovintille pitäisi rakentaa huoneita kumpaankin taloon, sekä uudempaan että vanhempaan. Nekin tilat, joissa on viimeksi asuttu, ovat vanhanaikaisia ja kaipaavat uudistusta. Kasvimaakin pitäisi kunnostaa ja hankkia muutamia kotieläimiä ja laittaa niille tilat navettaan. Kalastamista on aina tarjolla.

- Tämmöistä täällä on. Miettikää, sopiiko järjestely teille. Aluksi voitte asua tuossa vanhassa talossa. Talo pitää tietysti ensiksi siivota. Miltäs tarjous tuntuu?

- Tätä pitää hetki miettiä. Eihän tarjouksessa mitään vikaa ole. Ja onhan niitä sopiviakin hommia täällä tarjolla. Antti vastaa.

- Pidetään tarjous viikon verran voimassa. Voitte tulla ja tuoda muuttokuormanne sinä aikana. Ellei teitä kuulu, joku toinen saa sitten paikan.

Ennen eroamistamme Antti kysyy, löytyisikö hänen pikku-sisarelleen Jennalle jotain sopivaa kesähommaa. Jos tämä nimittäin sattuisi innostumaan asiasta. Saatuani selville, että Jenna on koululainen ja menestynyt hyvin opinnoissaan lupaan hänelle paikan juhannuksesta lähtien. Ajattelen, että keksin kyllä Jennalle jotain mielekästä puuhaa.

Vien autolla nuoret takaisin kesäkahvilan luo. Poikkean samalla lähteessä kyselemässä ja kuulemassa tuntemuksia tästä pariskunnasta. Melko myötämielisesti lähde tuntui suhtatuvan heihin, joten odotan heidän päätöstään luottavaisin mielin. Myöskään Jennasta ei lähteellä ollut sanottavana moitteen sanaa.

Parin päivän kuluttua Antti ja Marjaana palaavat, sanovat muuttavansa mielellään Väinölään. Marjaana tosin sanoo, ettei ole varmaa, löytyykö yhteisöstä hänelle sopivaa työtä. Mutta hän on käsityöihminen ja voi esimerkiksi kutoa sukkia tai muuta tarpeellista. Ja voihan hän kerätä marjoja niin puutarhasta kuin metsästäkin ja säilöä niitä. Tehdä hilloja ja keittää mehuja. Kotona hän on autellut vanhempiaan kaikenlaisissa askareissa. Antti ja Marjaana muuttivat kallion reunassa sijaitsevaan vanhaan asuintaloon. Marjaana sanoi pitävänsä siitä enemmän kuin uudesta. Lisäksi talon seinustalla oleva pihakeinu teki kodikkaan vaikutuksen. Antti sanoi ryhtyvänsä ensi töikseen pystyttämään uutta mökkiä, jos siihen olisi vaikka tulijoita.

5. Linda

Eräänä päivänä luokseni maatilalle tuli nuori nainen. Iloinen, keskimittainen, tanakka ruskeaverikkö. Hän sanoi kuulleensa yhteisöstä huhupuheita ja tuli nyt itse katsomaan, miten asiat ovat. Pyysin naista kertomaan taustaansa. Niinpä tämä aloitti.

- Nimeni on Linda, ja olen kasvanut maatalossa. Meillä on ollut kotona pari lehmää ja muutama lammas. Lisäksi vahtikoira ja navettakissa. Olen tottunut lypsämään lehmät ja hoitamaan kaikenlaisia eläimiä. Nyt olemme kotona joutuneet luopumaan lehmistä ja muistakin elikoista vanhempieni sairastuttua. Isä on joutunut vanhainkotiin ja äidille haetaan hoitopaikkaa samasta laitoksesta. Minä olisin vapaa lähtemään vaikka heti tänne yhteisöön, jos täällä tarvitaan lypsäjää tai karjanhoitajaa.

- Kyllä täällä lehmä tai parikin varmaan tarvittaisiin. Ja miksei lampaitakin. Joko ne teidän elikot on myyty vai ovatko ne vielä kotona?

- Lehmät on viety, mutta lampaat ovat jäljellä.

- Yksinkö sinä olet taloa ja eläimiä hoitanut, kun vanhempasi eivät kuulemma pysty enää taloa pitämään ?

- Yksin olen muutaman kuukauden pärjännyt. Tosin naapuri on auttanut monessa asiassa.

- Entä miten kotitalon käy, jos sinä muutat tänne ?

- Naapuri on luvannut ostaa tilan sitten, kun vanhemmistani ei enää ole siellä asumaan. Mitään kiirettä ostolla ei ole. Katsotaan, kuinka he pärjäävät vanhainkodissa. Alustava kauppakirjaluonnos on jo tehty, jotta kaupat saadaan tarpeen vaatiessa nopeastikin hoidettua.

Päättelin Lindan olevan yhteisöön kelvollinen asukas ja ehdotin, että Linda muuttaisi tänne ja toisi lampaat tullessaan. Tai voin minäkin ne hakea, ellei sinulla ole mahdollisuutta kuljettaa niitä, lisäsin.

- Kyllä naapurin isäntä voi tuoda ne. Hänellä on sopivampi kuljetuskalusto kuin tuo henkilöautosi.

- Mutta ensiksi niille lampaille pitää tehdä tila navettaan. Mehän voitaisiin käydä katsomassa paikkoja, niin navettaa kuin sinun tulevaa asuntoasikin.

Siinä kulkiessamme kerron asumisen olevan ilmaista työntekijöille. Ja sanon maksavani lampaista käyvän hinnan. Vielä keskustelu kääntyy ruokailuun. Linda sanoo laittavansa mielellään ruokaa koko porukalle, jos niin sovitaan. Kerron Katariinasta ja sanon hänen varmaan ilahtuvan tiedosta.

Lindalle löytyi vanhemmasta talosta sopiva huone asuttavaksi. Hän valitsi ullakolta joitakin tavaroita huoneeseensa. Ja sanoi tulevansa seuraavana päivänä lampaiden kanssa. Ennen lähtöään Linda kurkisti vielä navettaan katsoakseen, tarvitsevatko lampaat heti huomenna jotakin. Hän voi tuoda niiden vanhoja jauhonloppuja, suolakiven ja juottoämpärin.

Sanoin vielä, että voin myöhemmin hakea hänen kanssaan tavaroita autollani. Ettei tarvitse yrittää tuoda kaikkea kerralla. Luultavasti kuljetettavaa riittää muutamaankin automatkaan. Se tuntui sopivan Lindalle.

Jäin katselemaan Lindan perään hänen lähtiessään pyörällään. Tämä tyttö vaikutti pirteältä, olin kai vähän ihastunut häneen. Hän oli niin luonnollinen. Vertasin Lindaa ajatuksissani entiseen tyttöystävääni Kaijaan, jonka kanssa olin seurustellut kaksi vuotta. Tulin kyllä hänen kanssaan toimeen silloisessa asuinympäristössä. Asuimme yhdessä ja Kaija hoiti kotia kiitettävästi. Huolehti minunkin hyvinvoinnista, teki ruokaa, pesi pyykkiä. Mutta meillä oli kuitenkin aivan eri mielenkiinnon kohteet. Ei se sinänsä haitannut, sanotaanhan että vastakohdat täydentävät toisiaan. Toisaalta, olimme ehkä joissakin asioissa liiankin samanlaisia. Joka tapauksessa hän jäi

kuitenkin jollakin lailla etäiseksi. Kaija oli kaupunkilaisempi,
ei hänestä olisi ollut asumaan maataloon. Lopullinen ero meille
oli tullut saatuani tämän perintötilan. Tila oli kiinnostanut
minua enemmän kuin Kaija.

Linda tuli seuraavana päivänä lampaidensa ja yhden lehmän
kanssa. Naapurin isäntä oli antanut Muurikin omistaan. Hän
kuljetti Lindan elukoineen tilalle. Oli laittanut mukaan vielä
koiran pennunkin.

Lampaille aidattiin alue, josta löytyi niille syötävää.
Horsmia, ruohoa, nuoria lepän- ja pajunvesoja. Muurikki
laidunsi yhdessä lampaiden kanssa. Eläimille järjestettiin
juomapaikka laitumen reunaan vähän syrjään kirkkaimmalta
auringon paisteelta.

Eläinten hoidon lisäksi Lindan vastuulla lankesivat
kasvimaat. Hän teki porkkana- ja perunapenkit, kasvatti
salaattia, tilliä ja sipulia. Lanttua ja punajuurtakin Linda laittoi
kasvamaan. Istutti uusia marjapensaita vanhojen lisäksi.
Muutaman omenapuun hän hankki lisää, samoin päärynä- ja
luumupuun nähdäkseen, miten ne menestyvät. Myös
kukkapenkkejään Linda hoiteli. Niissä hän kasvatti monia eri
kukkalaatuja, jotka kukkivat eri aikoina. Niin, että kukkaloistoa
oli nähtävillä pitkin kesää.

Pojat olivat rakentaneet Lindan pyynnöstä kasvihuoneen, jossa kasveja voi kasvattaa kylmilläkin ilmoilla ja jossa oli myöhemmin tarkoitus kasvattaa tomaatteja. Muutamaa poika oli jo löytänyt tiensä tänne Väinölään ainakin kesän ajaksi. Ajattelin käydä lähteellä pitkästä aikaa. Ehkä saisin sieltä vastauksia Lindaa koskeviin ajatuksiini. Lähteeseen astuttuani tunsin rinnassani lämpimän läikähdyksen heti, kun ajattelin Lindaa. Onkohan lähdekin sitä mieltä, että meistä voisi tulla pari ? Olin salaa itsekseni miettinyt tällaista mahdollisuutta. Nousin lähteestä onnellisena miehenä. Jäin vielä hetkeksi istumaan penkille. Samassa näin Antin tulevan. Pyysin häntä istumaan.

Taas tavataan täällä, Antti totesi. Ja kertoi sitten käyneensä lähteellä pari päivää aikaisemminkin. Hän oli miettinyt edellistä hallusinaatiotaan, mutavyöryä. Miksi kokemus oli ollut negatiivinen? Heillä oli kuitenkin kaikki hyvin eikä mitään ristiriitoja ollut ainakaan Antin tiedossa.

Antti oli halunnut uusia kokemuksensa. Sitä varten hän oli kulkenut lähteellä toissa päivänä ja odottanut mahdollista harhanäkyä. Sellainen oli tullutkin. Antti halusi kertoa kokemuksensa minulle. Tällainen se oli.

Rautahaukka ja magneettikorppi

Aurinko helotti kirkkaalta taivaalta istuessani kesämökin
pihalla puutarhakeinussa. Keinu oli varjossa iltapäivän
kuumimpina hetkinä, vasta ilta-auringon säteet osuivat
suoraan keinussa istujan silmiin. Koirani Otto kieriskeli
nurmikolla tyytyväisenä. Remmi oli unohtunut Oton kaulaan.
Mökkini sijaitsee järven rannalla ja sitä ympäröivät
kymmen metriä korkeat kalliokielekkeet kahdelta sivulta.
Vähän kauempana kallion päällä paikallinen maan omistaja
toteutti omia ideoitaan. Kaatoi puita ja teki tien
metsäpalstalleen. Tai rakenteli hirsimökkejä, jotka siirsi sitten
metsäpolun varteen sopivalle etäisyydelle ja vuokrasi
lomalaisille.

Kallion päällä näkyi nyt olevan kaksi levyä pystyssä. Kuka ne
oli sinne tuonut ja minkä vuoksi? Levyjen tarkoitus ei selvinnyt
minulle hetkessä.

Taivaalla näkyi liitelevän iso lintu. Minulta meni kaksi sekuntia
ennen kuin tajusin, että kyse on haukasta. Joka saattaisi
hyvinkin napata Otto – koirani mukaansa. Siinä olisi oiva
makupala petolinnun pesässä oleville poikasille.

Kutsuin vaistomaisesti Oton luokseni. Se hyppäsikin syliini melko pian huutoni kuultuaan. Ehkä äänenpainoni kertoi koiralle, että nyt ei ollut aikaa epäröidä. Saatuani otteen Oton remmistä katsahdin ylös haukan suuntaan. Petolintu oli aloittanut syöksyn koiraa kohti samalla hetkellä kun huusin Ottoa. Nähdessään koiran sylissäni haukka muutti suuntaansa kohti keinua. Puristin Ottoa lujemmin rintaani vasten.

Lähestyessään meitä haukka joutui lentämään kahden kalliolle pystytetyn levyn välistä. Silloin jonkinlainen sumupilvi peitti haukan hetkiseksi, ja petolinnun jalat kasvoivat jättimäisiksi. Se yritti tarttua meihin suunnattoman suurilla terävillä kynsillään, mutta saikin otteen puutarhakeinusta. Niin me nousimme keinun mukana ilmaan. Haukka lähti kuljettamaan saalistaan kohti pesäänsä.

Me olimme haukalle kuitenkin liian painava saalis ja se joutui pudottamaan korkeutta. Keinu osui rannassa kasvavan lepän latvukseen, ja me jäimme kiinni leppäpuun oksaan. Tartuin oksan haaraan pitäen samalla kiinni Oton remmistä. Jäimme pois keinun kyydistä.

Keinun kevennyttyä haukka jaksoi taas nostaa sen korkeammalle. Katselimme kuinka keinu matkasi haukan pesälle ja lähdimme laskeutumaan puusta alas maan pinnalle.

Pesäpuulle tultuaan haukka sai ripustettua keinun ketjuista puun latvukseen. Siitä se katkoi terävällä nokallaan metallin palasia poikasilleen. Nämä pureskelivat ja nielivät hyvällä halulla emon tuomaa saalista. Olin niin mielissäni pelastumisestamme haukan kynsistä etten jaksanut kauan ihmetellä lintujen ruoan sulatusta. Kiirehdimme Oton kanssa sisälle, missä tarjoilin lemmikilleni ylimääräisen herkkuluun.

Huomattuaan, että Otto ja minä emme olleetkaan enää keinussa, haukka etsi meitä pihapiiristä syöksähdellen silloin tällöin alemmas. Mökin ikkunasta seurasin sen touhuja, mutta ulos en tohtinut valoisan aikana mennä. Rupesin tuntemaan itseni sisätiloihin lukituksi vangiksi. Mietin kuumeisesti, mikä nyt neuvoksi. Haukan jalat ja kynnet näyttivät palautuneen normaaliin kokoonsa. Miten mahtoi olla makuaistin laita? Vieläkö haukalle maistuisi liharavinto vai oliko rautapitoinen eines jo syrjäyttänyt sen ? Tätä en halunnut testata ainakaan koekaniinin ominaisuudessa.

Asetin mökin seinustalle ullakolta löytämäni isokoisen peilin, mistä haukka näki itsensä, jos lensi sitä kohti. Tällöin se luulisi toisen linnun hyökkäävän itseään vastaan ja kenties pakenisi.

Kaksi päivää myöhemmin havaitsin mökin savupiipun hatussa koloja. Kesti muutaman tunnin ennen kuin tajusin ne haukan tekemiksi. Se oli ilmeisesti päässyt metallin makuun syötyään puutarhakeinun palasia. Siitä sain ajatuksen, jota ryhdyin hämärän tullen toteuttamaan.

Hain saunan takaa sinne kertyneitä metalliromuja ja kasasin ne pihamaalle korkeaksi keoksi. Savustustynnyri, ruostuneita polkupyöriä, rikkoontuneita lapioita ja haravia ynnä muuta pienempää roinaa. Houkutuskoiraksi väänsin rautalangasta Oton mallisen koiran kuvan.

Tämän tehtyäni päätin palata Oton kanssa mökiltä vakituiseen asuntoomme. Tulisin myöhemmin katsomaan, vieläkö romukasa on paikoillaan.

Palattuani parin viikon päästä mökille havaitsin haukan poikasten lentäneen pesästä etsimään ruokaansa. Ne olivat ahmineet rakentamastani romukasasta jo suuren osan ja hakivat sieltä edelleen maistiaisia. Minusta näytti siltä, että niiden lentokyky oli melko surkea. Tulin siihen tulokseen, että syötyään raskaita metallin kappaleita pitkään niiden paino oli noussut niin paljon, että siivet eivät enää kantaneet.

Mieleeni nousi uhkakuva lentokyvyttömistä haukanpoikasista, jotka pistävät poskeensa kaiken metallin, mitä lähistöltä löytyy. Ehkä niiden ruoansulatuskanava kohta

metalliruoan loppuessa oppisi sulatttamaan muitakin aineita.
Muutamasta tällaisesta rautaa syövästä haukasta kyllä
selviäisin. Mutta jos niitä sikiäisi satamäärin. Mistä apu sitten
löytyisi?

Katseeni osui läheisellä kalliolla oleskeleviin korppeihin. Ne
raakkuivat toisinaan kovalla äänellä. Yksi korpeista näkyi
lentävän kalliolle pystytettyjen levyjen välistä. Näytti siltä, että
levy veti sitä puoleensa ja korpilla oli täysi työ lentää niin, ettei
törmäisi levyyn. Tullessaan levyjen välistä ulos korppi näytti
myös kasvaneen kokoa melkoisesti.

Tämän korpin lentäessä pihamaalla olevien
rautaromujen yli osa romuista lensi sen vatsaan kiinni. Samoin
kävi aterioimassa olleille haukan poikasille. Korppi toimi siten
lentävänä magneettina. Ja nyt tämä magneetti siivosi pois
pihaltani rautaa syövät haukat, juuri niin kuin olin toivonutkin
. Aikanaan myös tämä korppi kutistui normaaliin
kokoonsa, en erottanut sitä muiden joukosta. Paitsi siitä, että
sillä roikkui vatsassaan jokin metalliromu.

Kallion päälle levyt pystyttänyt henkilö oli mitä
ilmeisimmin jonkinlainen pelle peloton, joka kokeilee erilaisten
viritelmien vaikutusta lintuihin ja muihinkin eläimiin. Tietty
suihke herätti haukassa halun syödä metallia, mutta säilytti

myös haukan entisen ruokavalikoiman. Suihke myös suurensi
linnun ravinnon hankkimistyökalujen kokoa tietyksi ajaksi.
Korppi taas tuli magneettiseksi jonkin kokeen
tuloksena. (Ehkä sen päälle johdettiin aluksi ferromagneettista
ainetta ja sen läpi johdettiin sähkövirta.) Magneettisuus säilyi
vain muutaman minuutin. Korpin kokoa saatiin niinikään
kasvatettua tietyksi ajaksi.

Olin tyytyväinen lopputulokseen. Mökkipihaltani olivat
kadonneet niin haukat kuin metalliromukin. Tosin olin
menettänyt puutarhakeinuni, mutta se oli jo aikansa elänyt.
Saatan hankkia uuuden ensi kesäksi, kuka tietää. Tutut korpin
äänet kantautuivat korviini. Niiden kanssa olin tottunut
elämään.

Istuskelin verannalla ajatuksissani, kun havaitsin
kallion päältä lentävän lauman isokokoisia korppeja. Niinpä
niin, ne ovat tietysti lentäneet levyjen välistä, alitajuntani
kertoi. Linnut lensivät järvelle päin, mutta palasivat kohta
takaisin. Kova kolina sai minut nousemaan tuolistani. Menin
katsomaan pihalle, mitä siellä tapahtuu.

Näin yhden korpin tuoneen nurmikolle järven pohjasta
tarttuneen polkupyörän. Joku toinen pudotti kasaan muuta

44

metallijätettä. Suurikokoisin korppi oli saanut pohjasta mukaansa hetekan. Se tosin putosi jo rantaviivalle.

Antin kertomuksessa esiintyi mielestäni jonkinlaista uhkaa, joka kuitenkin saatiin torjuttua. Ongelma, rautaromut, poistui mutta palasi lopussa. Marjaanasta ei ollut viitteitä mihinkään suuntaan. Kertomuksessa oli tuttuja elementtejä kuten koira ja puutarhakeinu. Mitään ennustusta en osannut tämän perusteella laatia.

6. Uusia asukkaita

Jalo

Alkukesästä puheilleni tuli poika, joka oli juuri päässyt koulusta kesälaitumille. Hän kyseli, voisiko päästä kesätöihin. Kysyin hänen kotioloistaan ja koulunkäynnistään. Hän kertoi nimensä olevan Jalo. Äskettäin hänelle oli selvinnyt, että hän onkin ottopoika pastori Peuran perheessä. Sen tiedon hän sai vahingossa kuultuaan kirkkoherran virastossa asiasta. Jalo oli silloin ollut aikeissa mennä kysymään jotakin asiaa pastorilta, mutta tämä oli puhunut pormestarin kanssa. Hänestä oli ollut puhe.

Hänet oli jätetty pärekorissa riepuihin kapaloituna pormestarin portaille. Korissa oli lappu, mihin oli kirjoitettu lapsen nimi, Jalo. Kuultuaan asian todellisen laidan Jalo oli palannut takaisin näkemättä pastoria. Koulussa häntä kutsuttiin Jalopeuraksi.

Jalolla oli kotona kyllä kaikki hyvin, mutta hän haluaisi tutustua toisenlaiseenkin olemiseen ja elämiseen. Jalo tunsi joskus itsensä yksinäiseksi, ikään kuin hän ei kuuluisikaan Peuran perheeseen. Ikään kuin hänen oikeat vanhempansa olisivat jossakin muualla. Jalolla oli koulukaveri Sakari, jonka kanssa hän oleskeli usein.

Jalo näki joskus unta, että hän lepäsi oikean äitinsä kanssa tähtimeressä. Äiti tarjosi lapselle rintaa, josta herui muutama pisara elämän eliksiiriä. Joskus synkkinä hetkinä tuntui kuin äiti olisi kietonut kätensä Jalon ympärille ja ottanut tämän syleilyynsä. Silloin Jalo rauhoittui ja tunsi taas olevansa rakastettu.

Päätin ottaa Jalon yhteisööni. Hänelle kyllä löytyisi erilaisia tehtäviä. Pyysin Jaloa etsimän itselleen sopivan huoneen, missä tämä voisi asua. Pieni palvelijan huoneeksi kutsuttu tila löytyikin helposti ja Jalo sanoi sen sopivan hänelle. Sovittiin, että Jalo muuttaa tilalle juhannuksen aikaan. Myös sovittiin siitä, että Sakari voisi tulla joskus käymään täällä Väinölässä Jalon luona.

Taisto

Kävijöiden joukossa oli myös henkilöitä, jotka halusivat pois oravanpyörästä. Useat näistä vähintään keski-ikäisistä hakijoista olivat täysin kyllästyneitä kiireiseen elämänrytmiinsä. Mukana oli hyväpalkkaisia henkilöitä eri aloilta. Lääkäreitä, sairaanhoitajia, uutistenlukijoita, professoreita. Kaikki halusivat muutosta elämäänsä. Monet olivat keränneet varallisuutta jo niin paljon, että saattoivat elää ilman palkkatuloja pitemmänkin aikaa. Heille korostettiin paikan rauhallisuutta, omaa aikaa sai niin paljon kuin tarvitsi. Myös pientä askaretta löytyi sitä haluaville. Kohtuullista korvausta vastaan nämä henkilöt saivat viettää aikaansa yhteisössä.

Tutkin näidenkin henkilöiden sielunelämää lähteen suomin valtuuksin. Monta kertaa se oli vaikeaa hakijan mielenkuohun takia. Jos minussa heräsi joitakin epäilyjä, lupasin hakijan kolmen viikon koeajalle. Korostin sitä, että koeaika oli yleensä pelkkä muodollisuus, joka on joskus tarpeellinen niin hakijalle kuin yhteisöllekin.

Pomo oli syksystä asti työllistänyt Taistoa oikein olan takaa. Oli kokousta ja palaveria ja muuta tärkeää olevinaan. Kokoukset venyivät, mitään valmista ei saatu aikaan. Syykin oli yksinkertainen. Alussa juotiin kahvit ja puhuttiin niitä näitä. Kun sitten piti mennä asiaan, joku ryhtyi viime hetkellä kyselemään toisilta, olivatko kokoushuoneen ikkunaverhot heidän mielestään oikean väriset. Tähän kysymykseen paneuduttiin antaumuksella niin, että jo puolen tunnin kuluttua voitiin aloittaa käsittelemään listalla olevia asioita. Kun käsiteltäviä asioita oli yleensä riittävästi ja joka asiaan pomolla varsinkin oli paljon sanomista, istunnot venyivät pitkiksi.

Tilanne jatkui viikosta toiseen samanlaisena, Taisto rupesi olemaan jo epätoivon partaalla, mutta keksi sitten keinon. Pomon patistaessa häntä jälleen ylimääräisiin töihin Taisto sanoi, ettei hän nyt joutaisi. Hänelle on nimittäin korkeammalta taholta määrätty isotöinen tehtävä. Tehtävän laatua kysyessään pomo sai vastauksen, että se on luokiteltu salaiseksi. Ja asiaa pitää kysyä itse ministeriltä, jos hän suostuu sen paljastamaan. Pomo katsoi Taistoa ensin pitkään, mutta käveli sitten pois epäluuloisen näköisenä.

Pitkin talvea Taisto silloin tällöin kieltäytyi pomon ylitöistä vetoamalla tähän salaiseen e-projektiin. Keväällä projektin luonne vihdoin paljastui kaikille Taiston jäädessä ennenaikaiselle eläkkeelle. Kesällä Taisto hakeutui Väinölän yhteisöön asumaan.

Tullessaan yhteisöön Taisto kertoi tunteneensa Väinö - sedän. Se oli ollut yksi syy hänen hakeutumiseensa tänne tilalle. Taisto oli asunut nuorempana tässä lähistöllä ja tavannut setäni monasti. He olivat joskus kalastaneetkin yhdessä, mutta useammin he olivat nähneet perunan nostossa tai viljan

puinnissa. Väinön maatilalla oli tarvittu apuvoimia, kun
perunoita säilöttiin maakellariin tai riihtä lämmitettiin.

Työ oli sitten vienyt Taiston pois kotipitäjästään, mutta
nyt vanhemmiten veri veti tänne takaisin. Kysellessäni
vanhoista ajoista Taisto innostui kertomaan tarinoita. Hän sanoi
Väinön ehkä aavistaneen kohtalonsa. Siis sen, että menehtyy
lähteen luona. Väinö oli pitänyt tapanaan kävellä lähteelle ja
kuunnella siellä linnun laulua ja seurata metsän elämää.

Kerran hän oli siinä lähellä kiven päällä istuessaan
vaipunut ajatuksiinsa niin, ettei oikein ollut varma mitä
ympärillä tapahtui. Hän muisti nähneensä kolme keijua lähteen
ympärillä. Ne olivat viittoneet Väinöä tulemaan kastautumaan
lähdeveteen. Väinö oli ikäänkuin herännyt horroksesta ja
ajatellut, että eihän iso mies nyt voi mennä lutraamaan
lähteeseen. Mitä hän hourii ja mitä olentoja sieltä lähteestä oli
noussut. Niistä ainakin on oltava hiljaa. Paras pitää omana
tietonaan. Niin hän oli noussut ja kulkenut kotiinsa.

Myöhemmin tullessaan uudestaan lähteelle hän oli
miettinyt, minkälaisen navetan hän rakentaisi. Sellainen piti
silloin tehdä, kun lehmiä oli tulossa taloon lisää. Lähteestä oli
silloin noussut yksi keijukaisista ja neuvonut häntä navetan
piirustusten laadinnassa. Väinö ajatteli, että taasko hän näkee

näkyjä. Mutta oli kotona muistanut keijulta saamansa ohjeet ja niiden mukaan navetta oli rakennettu.

Taistolle Väinö oli kertonut tämän, mutta varoittanut Taistoa puhumasta asiasta kenellekään. Rupeavat vielä pitämään mielenvikaisena, oli Väinö sanonut. Taistolle Väinö oli vielä kertonut, että hän tuntee kuuluvansa tähän lähteen taikapiiriin. Ja että hänen paikkansa on kuoltuaan lähteessä.

Tämän kuultuani vakuutuin lähteen maagisesta voimasta. Ja siitä, että Väinö ohjaili sieltä käsin toimiamme. En kuitenkaan kertonut Taistolle lähteen minulle antamista neuvoista.

7. Jalo ihastuu

Juhannukselta Jalo saapui tilalle ja asettui asumaan omaan huoneesensa, jonka hän oli valinnut edellisellä käynnillään.

Tultuaan Jalo kuuli, että myös hänen luokka-kaverinsa Jenna on tuossa Väinölään kesätöihin. Pian tämä Antin nuorempi sisar ilmaantuikin paikalle. Hänen asuntonsa sijaitsi lähellä Antin ja Marjaanan huonetta.

Olin suunnitellut Jalolle helpohkoja töitä. Aluksi paikkojen siivoamista ja erilaisten pienten asioiden toimittamista. Piti viedä työvälineitä työmiehille ja kuljettaa niitä paikasta toiseen, juottaa ja syöttää karsinassa olevia eläimiä. Sioille laitettiin omat annokset, kanoille omansa. Munat kerättiin pesistä. Hevosille ja lehmille annosteltiin heiniä, samoin lampaille. Osa karjasta pääsi pihalle aitaukseen. Uutta aitaa pystytettiin lisää. Töitä riitti monenlaista.

Jalosta oli kehittynyt pitkä, hoikka, urheilullinen poika. Oikea vaalea viikinki. Keskikoulun viidennellä luokalla hänet oli sijoitettu rivin viimeiseen pulpettiin. Jalon edessä istui hauskannäköinen, ruskeatukkainen tyttö, Jenna nimeltään. Jenna tuntui tietävän oppitunneilla vastauksen miltei kaikkiin kysymyksiin. Varsinkin vieraat kielet, ruotsi ja englanti, sujuivat Jennalta kuin vettä vaan.

Jalo oli kiinnostunut historiasta. Varsinkin kreikan mytologia ja Napoleonin aika olivat mielenkiintoisia. Jalo kuunteli mielellään opettajan tarinoita historiallisista aiheista. Hän kuvitteli edessään istuvan Jennan milloin Orleansin neitsyeksi, milloin Lady Godivaksi. Jennalla oli pitkät hiukset. Miltähän näyttäisi, jos tämä istuisi hevosen selässä Lady Godivan tavoin alastomana. Ihan Eevan asuun ei Jalo oikeasti uskaltanut Jennaa edes kuvitella. Mutta mahtoikohan tyttö ratsastaa? Jalo rupesi seuraamaan Jennan tekemisiä Väinölässä.

Toisinaan Jenna näkyi kulkevan pihalla omissa askareissaan. Kasvimaata kitkemässä tai hakemassa perunoita kellarista. Läheisempään kontaktiin Jalo ei hänen kanssaan kuitenkaan päässyt. Eräänä perjantaina sattui vihdoin jotain mielenkiintoista. Jalo oli palaamassa ruokatauolta töihin, kun hän näki Jennan astelevan rantaan. Jalo lähti hitaasti kulkemaan samaan suuntaan. Hän voisi hakea rannasta vaikka kottikärryt ja lapion. Olihan sinne jäänyt joitakin työkaluja, kun lehmille oli tehty lisää laidunmaata.

Jenna näytti menevän saunalle. Mitähän sillä on mielessä, Jalo aprikoi. Hetken päästä asia selvisi. Jenna tuli ulos uimapuku päällä, ilmeisesti hän oli uimaan menossa. Jalo katseli tytön hoikkaa vartaloa ihaillen. Pienet rinnat paistoivat uimapuvun läpi. Hän jähmettyi paikalleen tällaisen kaunottaren nähdessään.

Juuri silloin Jenna katsahti ympärilleen ja näki Jalon häntä tuijottamassa. Jalo häkeltyi, ei tiennyt, mitä tehdä. Hän tunsi, kuinka puna levisi kasvoille. Jenna liikkui ensiksi tilanteesta pois. Oikeastaan hän ui kauemmas Jalosta, joka vähitellen palasi maan pinnalle ja ryhtyi etsimään työkaluja kottikärryynsä.

Vähän nolona Jalo kulki vasara kädessä juuri tehtyä aidanvierustaa, napautti silloin tällöin jotakin aspia syvemmälle aitapaaluun. Ei katsonut järvelle päin, vaikka mieli teki.

Hiljakseen Jalo työnteli kärryjä kohti talon pihamaata.

Yhtäkkiä Jalo kuuli takaansa Jennan äänen sanovan:

- Jalohan sinä olet. Sinäkin olet siis täällä töissä?

- Niin, kysyin tänne kesätöihin. Ja ottivat.

- Et puhunut koulussa minulle mitään.

- No, enhän minä silloin vielä tiennyt tulevani tänne. Kuinkas sinä olet täällä?

- Isoveljeni Antti minut tänne hommasi. Mutta kiva, kun nähtiin. Mehän voitaisiin joskus mennä yhdessä vaikka kalastamaan tai uimaan töiden jälkeen, Jenna ehdotti.

- K..kyllä se sopii, Jalo sai sanottua.

- No hyvä, mennään vaikka ensi maanantaina. Tavataan täällä saunalla.

Jenna kiirehti tämän sanottuaan asuntoonsa jättäen Jalon lykkimään kottikärryjä. Ne tuntuivatkin keventyneen huomattavasti. Samoin Jalon mieliala kohentui huimasti. Iloisin mielin Jalo suoritti loppupäivän työnsä ja kulki niiden jälkeen kortteeriinsa hajamielisenä, onnellinen hymy kasvoillaan.

Jalo odotti maanantaita ja uimareissua. Heti töiden päättymisen jälkeen hän kulki saunan rantaan. Uikkarit hän oli laittanut jalkaansa jo valmiiksi. Jalo katseli järven takana länsirannalla kohoavia kallioita joiden pintaan auringonsäteet osuivat saaden ne kiiltämään sadunhohtoisina. Aurinko paistoi kuumasti, vaikka iltapäivä oli jo pitkällä. Lämpömittari nousi kahteenkymmeneen asteeseen, auringossa korkeammallekin. Ajoittainen tuulenpuuska heilutti koivuja. Jalo mietti, että talvella kallioille voisi varmaan kulkea suksilla järven poikki, mutta sulan veden aikaan joutuisi ehkä kiertämään maitse hyvinkin peninkulman matkan sinne päästäkseen. Kohta Jenna näkyikin tulevan polkua pitkin.

- Hei, siinähän sinä jo oletkin.

- Niinhän me sovittiin.

- Kyllä vain. Mutta voidaanko ensiksi mennä viemään katiskat järveen?

- Missä sinulla on katiska? Jalo kysyi ja katseli ympärilleen.

- Ne ovat tuolla vanhassa riihessä. Jenna osoitti ränsistynyttä rakennusta kauempana metsän reunassa.

- No, voidaanhan me hakea pyydykset järveen. Soutuvene taitaa ollakin tuossa kallion takana.

Riihipolku oli kasvanut miltei umpeen. Sitä ei ollut kuljettu aikoihin. Riihen ovi narahti Jalon sitä avatessa. Sisällä riihessä saattoi haistaa vielä vanhojen viljan puintien hajuja, vaikka seinien raoista puhaltava tuuli niitä pyyhkikin pois jatkuvasti. Yhdessä nurkassa näkyi kaksi katiskaa. Jalo oli tarttumassa jo niihin, kun Jenna otti poikaa kädestä ja sanoi:

- Kiva kun tulit.

- Tietysti tulin, Jalo sai sanotuksi ja puristi Jennan kättä.

Jenna tuli lähemmäksi ja painoi suudelman Jalon huulille. Jalo hämmästyi ensin, mutta vastasi suudelmaan. Ja kietoi kätensä Jennan ympärille. Kummallakaan ei ollut kiire tilanteesta pois. Viimein Jenna irrottautui Jalon otteesta sanoen:

- Olet seurannut minua katseellasi viime aikoina, olen huomannut.

- Niin, pidän kyllä sinusta.

Jenna suuteli uudestaan, tällä kertaa intohimoisemmin. Jalo vastasi suudelmaan ja äskeiset tapahtumat riihessä toistuivat yhä uudestaan. Kunnes molemmat tunsivat, että riittää tältä erää.

Katiskat vietiin kyllä rantaan ja sieltä veneellä järvelle kalaa pyytämään. Mutta uintireissu päätettiin siirtää toiseen kertaan. Pois tultaessa Jalo tiedusteli Jennalta, harrastiko tämä ratsastamista. Jenna ihmetteli kysymystä. Jalo kertoi ajatelleensa, että Jenna olisi varmaan kaunis näky hevosen selässä. Tästä hyvillään Jenna kertoi harjoitelleensa ratsastamista muutaman kerran. Mutta vielä hän ei ollut siinä kovin hyvä. Pihamaalla nuoret erosivat ja sopivat menevänsä katiskoille keskiviikkona ruokatunnilla.

Keskiviikkona he tapasivat rannassa jo vähän ennen ruokailua. Kävivät katiskoilla ja veivät saadut ahvenet keittiöön kalasoppa-aineksiksi. Kävellessään Jenna kertoi harrastavansa lukemista, hän oli koulun jälkeen lukenut kesällä jo useita

57

kirjoja. Monet olivat tyttökirjoja. Muutama elämäkerta oli ollut mukana.

Jalo kertoi lukeneensa kirjastosta melkein kaikki kiinnostavat kirjat, siihen ei tosin sisältynyt tyttökirjoja. Poikakirjoja sen sijaan oli mukana useita, jokunen elämäkertakin. Jalo sanoi aikovansa kirjoittaa itsekin jonkin tarinan. Mihin Jenna totesi heti, että olisi kiinnostavaa nähdä jokin Jalon kirjoitus. Tämä lupasi tuoda ensi kerralla sellaisen nähtäväksi.

Vielä samana iltana Jalo näki Jennan pihalla ja antoi tälle luettavaksi kirjoittamansa tarinan sudenpäistä. Jenna laittoi vierelleen maahan käsissään olleet tavarat ja tarttui Jalon ojentamaan tarinaan.

Sudenpäät
kirjoittanut Jalo Peura

Lori istui pihkaisella kuusen oksalla odottaen toisten palaavan saalistusretkeltään. Tuuli väreili oksistossa pitäen tuttua suhinaansa. Korkealla taivaalla kaarteli haukka etsien saalista sekin.

Lori oli tyytyväinen kokoonsa, haukka ei ollut kiinnostunut näin pienistä olioista normaalisti. Vain

58

ääritapauksessa se saattaisi napata jonkun sudenpäistä.

Lori oli eräänlainen lastentarhan täti, joka piti huolta

jälkikasvusta toisten ollessa ruoanhakumatkoilla.

Lori tunnisti ilmavirrasta, että toiset olivat

tulossa. Siinä samassa sudenpäät lennähtivät

kidusevillään kukin omalle oksalleen. Sitten kukin alkoi

syödä saalistamiaan itikoita, jotka olivat tarttuneet

kiinni heidän pihkaisiin pyrstöihinsä. Osa syötti

samalla myös jälkikasvuaan. Syötyään joukko ryhtyi

hankaamaan lisää pihkaa pyrstöönsä valmistautuen

näin uudelle hyönteistenhakumatkalle.

  Sudenpäille oli kehittynyt pieni kalanpyrstö. Se

oli muinaisjäänne. Esiolentojen noustua merestä laji

oli kehittynyt aluksi suden suuntaan, mutta joutunut

sattuman oikusta takaisin mereen voimakkaiden

merivirtojen kuljetettavaksi. Kun sudeksi kehittyneet

lajikumppanit olivat päässeet merestä kuivalle maalle,

niille oli alkanut kehittyä raajat, jotka voimistuivat

alituisesta hölkkäämisestä.

  Sudenpäät sen sijaan joutuivat viettämään

meressä vielä monta miljoonaa vuotta. Vaikka niille oli

alkanut kehittyä jo eläimen kuono, muu ruumis

palautui takaisin kalan muotoon. Ja kun uinti oli lajilta

jo päässyt miltei unohtumaan, niiden pyrstö

surkastui mutta evät kehittyivät tavanomaista

vahvemmiksi.

Niihin kasvoi kidukset ja niitä kiduseviä ne käyttivät

myös hengittämiseen maalla ollessaan. Itse asiassa

oliot nousivatkin merestä maalle. Ja aikojen kuluessa

sudenpäät oppivat myös lentämään kidusevillään.

Sudenpäiden lisääntyminen oli sekin saanut

oman muotonsa. Vartalo-osan puuttuessa niille oli

kehittynyt korvaan sukuelin. Lisääntyminen onnistui

yksinkertaisesti vain toisen korvaa nuolemalla. Tietyn

ajan kuluttua korvaan ilmestyy sitten vaahtoa, jonka

keskellä on sammakon kutua muistuttavia mottipäitä.

Niistä kehittyy uusia sudenpäitä. Tätä kutua säilytetään

kotikuusen oksilla ja aina yksi on vuorollaan

vahtimassa, että uudet sudenpäät pääsevät kehittymään

normaalisti. Tänään vuorossa on Lori.

Luettuaan Jenna tuli lähemmäksi Jaloa ja nuoli tämän korvaa sanoen

- Mistä olet keksinyt tällaista?

- Kirjoista vähän mielikuvitusta käyttämällä.

- Ei tällaisia olentoja ole olemassa.

- Ei ehkä ihan samanlaisia, mutta hämmästyttävästi samankaltaisia.

- Jos me olisimme sudenpäitä, niin kumpi meistä nyt saisi jälkeläisiä, kun nuolin sinun korvaasi?

- Minun korvaani ilmestyisi tietyn ajan kuluttua vaahtoa, josta sitten kehittyisi uusia sudenpäitä.

- Entä, jos sinä nuolet minun korvaani?

- Sama juttu, vaahto erittyisi sinun korvaasi. Katso vaikka.

Samalla Jalo suutelee Jennaa suulle. Sanoo sitten, että tarkemmin ajatellen hän ei kaipaa useampia sudenpäitä. Jenna vastaa suudelma

8. Kuplia

- Hei Jalo, lähdetäänkö uimaan! Jenna kyseli kuumimpaan keskipäivän aikaan.

Aurinko paahtoi armottomasti suoden loistavat olosuhteet viikonlopun lomailulle. Usein maatalossa vain on kiireitä vapaapäivinäkin. Pitää korjata aitaa, etteivät lehmät karkaa laitumelta tai harventaa porkkanapenkkiä. Saunan lämmitys ja saunapuiden teko kuuluvat nekin luonnollisesti lauantain ohjelmaan.

- Isonkivenrantaan vai? Jalo nousi pystyasentoon oikaisten samalla selkänsä.

Puolen tunnin kykkiminen kurkun ja tomaatin taimien istutuksessa tuntui ottavan voimille. Nuorille oli annettu tehtäväksi oman kurkkupenkin istuttaminen ja hoitaminen. Jenna oli kurkkupenkkinsä jo tehnyt ja istuttanut myös tomaatin taimet. Nyt Jalo oli suorittamassa osuuttaan.

62

- Niin, sinne vähän kauemmaksi. Siellä on vähän syvempi ranta. Saunan rannassa saa kahlata melko kauas ennenkuin pääsee kunnolla uimaan.

Jenna oli jo laittanut haravan käsistään nojailemaan aitan seinustalle. Hän oli tuonut kottikärryillä multaa ja rakentanut siitä kukkapenkkiä. Toiseen päähän penkkiä oli tarkoitus istuttaa sokerihernettä.

- Siellä on liejupohja ja paljon ahvenruohoa, Jalo tiesi.

Jalo oli käynyt rannassa jo muutaman kerran aikaisemmin. Hän venytteli puutuneita jäseniään miettien samalla vetäisikö uiminen keskellä päivää ihan veltoksi vai jaksaisiko uinnin jälkeen vielä tehdä jotakin.

- Minun kyllä pitää mennä, Jennalla tuppasi hiki pintaan.
- En minä tiedä. Tai jos otan ongen mukaa niin voin kalastaa sillä välillä kun sinä uit.

Jalo suostui jo ajatukseen. Pyörä päätettiin ottaa mukaan. Sillä voi kuljettaa onkivapaa ja sarvessa vaikka pajunvitsaan laitettuja kaloja, jos ongella saataisiin saalista.

Rantaan päästyä Jenna ryhtyi kertomaan Jalolle järveen liittyvää tarinaa.

- Tässä järven rannalla vedestä nousee joskus kuplia ikään kuin järven pohjassa tapahtuisi kaasupurkaus. Uimarit tietävät silloin poistua ainakin siltä soikion muotoiselta alueelta, jossa kuplintaa esiinty. Ennen kuplinnan alkamista järven pohjasta kuuluu ääniä ikään kuin raskaita laattoja vedettäisiin sivuun. Sitten veden pinta alkaa väreillä, väreet voimistuvat vähitellen kupliksi ja pian paikka porisee kuin papupata.

- Onko se paikka tässä lähellä? Jalo kysyy epäluuloisena.

Jalon mieleen tulivat aikaisemmat uintikerrat tällä rannalla. Onneksi mitään pahempaa ei ole koskaan heille uintimatkoilla sattunut. Joskus on tosin ongenkoukku tarttunut kiinni toiseen, kun onkija on viskannut mato - onkensa kalaa pyytämään.

- Se on tästä parisataa metriä rantaviivaa pitkin pohjoiseen. Tämä soikion muotoinen alue sijaitsee siellä noin sadan metrin päässä rannasta. Jenna näytti kädellään aluetta, jossa kuplinta tapahtuu.

- Et ole aikaisemmin kertonut siitä mitään. Jalo oli pettyneen tuntuinen.

- En ole itsekään tiennyt kovin kauan asiasta. Kuulin viime syksynä vanhemmiltani, kun he puhuivat Antin kanssa. Olin itsekin ihmeissäni kuullessani tästä, Jenna kertoi.

- Se kupliminen tapahtuu siis kuitenkin melko kaukana tästä uimarannasta. Jalo huomasi, ettei mitään vaaraa ole ilmeisesti ollutkaan uimisessa.

- Niin, kovin moni uimari ei sinne asti menekään. Eikä kuplinta-aluetta enää pidetä yleisenä uimapaikkana kuten entisaikaan oli tapana. Aikaisemmin täällä oli muutama kova uimari. Olen kuullut, että Latokosken Viljo saattoi uida kilometrin päähän rannasta. Jossain vaiheessa vaimonsa pyysi naapurin miestä seuraamaan veneen kanssa, että Viljo jaksaa uida takaisin rantaan. Eihän Viljo siitä pitänyt, mutta sieti veneilijää kuitenkin naapurisovun vuoksi.

Jenna meni vihdoin veteen. Jalo tyytyi kastautumaan, mutta Jenna ui pitemmän lenkin. Veden pinta oli melko tyyni, vain pienet laineet liplattavat kevyessä tuulenvireessä. Kauempana järvellä uiskenteli sorsaperhe, emolla oli mukanaan viisi poikasta. Ne lipuivat äänettömästi uiden välillä rannan suuntaisesti välillä syvemmälle emon ohjeiden mukaan.

Jalo katsoi mukaansa ottamaa onkea. Taitaa olla parasta jättää onki tänne rantapusikkoon. Eihän hänellä ole matojakaan eikä niitä nyt viitsi ruveta kaivamaan. Ei kalakaan näin kuumalla ilmalla syö. Jalo siirsi onkivavan ja pyörän kauemmas rannasta. Jennan noustua järvestä Jalo palasi vielä aiheeseen.

- Kuinka usein kuplimista esiintyy? Onko siitä mitään käsitystä? Entä kuinka kauan ilmiö on ollut tiedossa?

- Tapahtuma toistuu epämääräisin välein samoin kuin ison geysirin purkautuminen Islannissa. Joskus menee kuuleman mukaan vuosia ettei siitä puhuta. Joskus joku on sen havainnut, mutta aikaisemmin en ole asiasta edes tiennyt, joten näkijöistä minulla ei ole tietoa. Ei ole varmuutta siitä, milloin kuplintaa esiintyi ensimmäisen kerran. Useita sukupolvia siitä kuitenkin on kuulemma aikaa.

Tullessaan takaisin talolle Jenna ja Jalo näkivät pihamaalla Antin. Jalo päätti kysellä Antilta veden kuplimisesta. Antti oli kyllä tietoinen ilmiöstä ja olihan hän käynyt uimassakin sillä rannalla pari kertaa. Itse Antti ei ollut nähnyt mitään erikoista.

- Onko kukaan paikkakuntalainen nähnyt kuplimista? Jalo jatkoi kyselemistä.

- Tänä päivänä harvat ihmiset käyvät siellä rannalla uimassa tai soutelemassa. En tiedä nykyisistä asukkaista, mutta eräs vanha mies kertoi nähneensä tapauksen. Tämän kuulin siis jo yli kymmenen vuotta sitten, Antti vastasi.

- Osasiko hän kertoa muuta tapaukseen liittyvää?

- Ei hän silloin ollut kiinnittänyt kuplimiseen erityistä huomiota. Mutta hän oli kuullut vanhemmilta ihmisiltä, että kuplimisen loppuessa järven pinnalla näkyy sinistä valoa.

- Sepä mielenkiintoista. Mistähän se johtuu?

- Siitä ei minulla ole minkäänlaista mielipidettä. Antti totesi ensin, mutta hetken miettimisen jälkeen hän epäili asian liittyvän jollakin tavoin lähteeseen.

Antti kysyi sitten, oliko Jalo tietoinen lähteestä ja sen taikavomista.

- Toki olen kuullut joitakin huhuja, mutta itse en ole käynyt lähteellä, Jalo ilmoitti ja jatkoi :

- Entä onko tiedossasi jotain muuta outoa, joka saattaisi liittyä tähän ilmiöön?

- En ainakaan heti muista. Paitsi että paikkaa nimitetään Kesäjärven soikioksi sen mystisen luonteen vuoksi. Saanut nimensä Bermudan kolmion mukaan.

- Entä kalastetaanko Kesäjärven soikiossa? Ja tuleeko sieltä kaloja?

- En edes tiedä. Tällä järvellä on kalastus vähentynyt entisestään. Eikä tämä kovin kalaisa paikka ole koskaan ollutkaan. Isoja kaloja saadaan enempi kahden kilometrin päässä olevasta Rotkojärvestä. Siellä käy myöskin ravustajia melkoisesti.

- No, oletko soutanut veneellä soikiossa? Miltä vesi näyttää? Entä näkyykö pohjassa mitään? Kuinka syvää siinä kohtaa mahtaa olla?

- Onpa sinulla monta kysymystä! No, olen soutanut joskus paikan päällä, mutta en ole nähnyt mitään erikoista. Järvi ei ole kovin syvä, veikkaisin alle kymmenen metriä. Mutta vesi on sameaa, joten kovin syvälle ei ole mahdollista nähdä.

- Mitenkähän ne raskaat laatat tai rautalevyt ovat sinne järvenpohjaan joutuneet?

- Jos siellä nyt yleensä on mitään levyjä.

- Olisiko sinne pudonnut joskus aikojen alussa pieni meteoriitti? Siitä syntynyt kuoppa olisi voinut synnyttää koko Kesäjärven.

- Mene ja tiedä. Mutta kuule, muistin juuri yhden oudon tapauksen. Joskus olen pyöräillyt järven rantaa pitkin tuon soikiopaikan ohi. Ja nyt kun mietin, muistan nähneeni sinistä

valoa järveltä päin. Samalla olen tuntenut tuulen henkäyksen.
Se on saanut rannan haapapuut havisemaan ja koivun lehdet
värisemään.

Antin lähdettyä Jalo sanoi vielä illemmalla käyvänsä
katsomassa soikiota. Hän toisi pyöränkin tullessaan takaisin.
Molemmat nuoret menivät omiin oloihinsa miettimään
kuulemaansa. Iltapäivällä Jenna sanoi tulevansa Jalon kanssa
vielä rantaan.

Jalo löysi pyörän kumollaan sieltä, minne sen oli jättänyt.
Tosin pyörän päälle oli kertynyt jotain roskaa. Pyörän
ympäriltä ja vähän kauempaa löytyi lisäksi useita paljaita
kohtia. Ikäänkuin maata olisi kuorittu. Osa läiskistä näytti
palaneilta, osassa tuntui olevan öljyä. Jalo ehdotti, että
kierrettäisiin vielä pieni lenkki lähimetsässä siellä päin, missä
hän oli kuullut jonkun liikkuvan. Niin tehtiin, mutta mitään
poikkeavaa ei huomattu. Oksia näytti puista tippuneen kasapäin
pitkin metsää. Lieneekö kovan tuulen ansiota, mene tiedä.

Pyörä puhdistettiin sammaleista, kävyistä ja muusta
roskasta. Lähdettiin taluttamaan sitä kotipihaan. Matkalla
Jenna oli huomaavinaan, että pyörän runko oli paikoitellen
muuttanut väriään siniseksi. Jalo tuumasi, että se saattoi johtua
auringon valosta. Oikeasta suunnasta katsottuna väri saattoi
muuttua.

Jenna ja Jalo lähtivät pyöräänsä taluttaen kohti Väinölää.
Kummankin ajatukset kiersivät nyt juuri koetuissa
tapahtumissa. Kotipihaan tultua Jenna sanoi menevänsä vielä
keittiöaskareisiin.

Jalo jäi pyörää puhdistamaan. Sitä rätillä pyyhkiessään Jalo
havaitsi runkoon ilmestyneen useita kapeita sinisiä viivoja. Ne
eivät lähteneet hankaamalla pois. Mistä ne olivat tulleet ? Ja
mistä aiheutui kolina ennen veden kuplimista? Monet asiat
askarruttivat Jaloa. Tulisiko niistä mihinkään selvyyttä? Jalo
jätti pyörän puhdistamisen ja lähti sisälle. Samalla siniset viivat
pyörän rungossa rupesivat hohtamaan valoa, joka voimistui ja
heikkeni vuorotellen.

9. Sirkku

Antin kaveriksi rakennushommiin oli kesän mittaan saatu pojat Ville ja Petteri. Loppukesästä Väinölään ilmestyi vieraaksi Sirkku – niminen nuori nainen. Ville sanoi tämän olevan hänelle puolituttu, joka oli tilapäisesti ilman asuntoa ja halusi majailla muutaman päivän yhteisössä. Kävin tervehtimässä Sirkkua ja kerroin hänelle, että muutaman päivän oleskelu yhteisössä kyllä sopii. Pitempään oleskeluun vaadittaisiin tietyt kriteerit. Sirkku tivasi heti, millaisia kriteereitä tarkoitin. Heti Sirkun nähdessäni olin alkanut epäillä, että hän ei ole sovelias yhteisöön. En tietenkään sanonut sitä hänelle.

- Puhutaan niistä sitten, jos aiot jäädä pitemmäksi aikaa. Kovin ihmeellisiä ne kriteerit eivät ole.

Toivotin Sirkulle mukavia päiviä maatilalla ja kiirehdin omalle asunnolleni. Pari päivää myöhemmin lähdin lähimaastoon mustikoita poimimaan. Hetken kuluttua huomasin Lindan samoissa puhissa. Ryhdyin juttusille.

- Mustikassako sinäkin olet ?

- Sen verran on taukoa, että ajattelin pistäytyä.

- Miten on asuminen ja oleskelu sujunut täällä Väinölässä ?

- Kyllähän tämä. Olen jo tottunut tilan askareisiin.

- Onko jossain asiassa parantamisen varaa ?

- Ei mitään suurempaa.

- No, vaivaako sinua jokin pienempi asia ?

- No, vähän minä ihmettelen sitä Sirkkua.

- Mitä hänestä ?

- Näin hänen menevän eilen Petterin kanssa rantasaunalle heti,
kun Antti lähti Villen kanssa hakemaan tavaraa kaupasta.

- Jaa, olikohan heillä sinne jotain asiaa.

- Luulen niiden olleen lemmen asioita.

- Onkohan Ville tietoinen tästä ? Ja onko se Sirkku edes Villen
sussu vai minkälainen tuttavuus mahtaa olla kyseessä ?

- Ja on siinä Sirkussa muutakin. Toissapäivänä näin hänen
menevän asunnolleni, kun olin lähtenyt eläimiä hoitamaan.
Illalla huomasin että tavaroitani oli pengottu. Ja kukkarostani
oli hävinnyt pari kymppiä.

- Tuohan on ikävä juttu. Mutta palataan tähän Sirkkuun
varmaan jo tänä iltana. Minä lähdenkin ottamaan selvää
asioista. Nähdään piakkoin.

Kiirehdin marjametsästä lähteeseen kastautumaan. Ajattelin samalla Sirkkua ja hänestä juuri kuulemiani juttuja. Aivoihini välittyi samassa tieto vilpillisestä nuoresta naisesta. Mietin vielä, miten hänet saisi helpoimmin muuttamaan pois Villen luota. Selvää vastausta en saanut, mutta ajattelin keksiväni kyllä keinon.

Tultuani takaisin menin Antin työporukan luokse nähdäkseni Villen ja Petterin. He olivatkin molemmat siellä. Sanoin pojille, että haluan puhua heidän kanssaan Sirkusta. Kysyin samalla, missä Sirkku on nyt ja aikooko tämä viipyä vielä kauan Villen vieraana. Antti sanoi pitävänsä taukoa, joten voisin jutella poikien kanssa vaikka heti. Antin mentyä kysyin Petteriltä, mitä asiaa hänellä oli Sirkun kanssa rantasaunalle silloin, kun Ville oli Antin kanssa kaupoissa.

- No Sirkku yritti vietellä siellä saunalla. Mutta en suostunut, kun tiesin tämän olevan Villen kaveri.
- Vaikka ei Sirkku mikään mun sussu ole, Ville sanoi.
- Mitä Sirkku puuhailee päivisin, kun te olette täällä Antin apuna ?

- Ei mitään. Oleskelee mun asunnolla ja käy meidän kanssa ruoka-aikoina syömässä.

- Oletteko huomanneet, että Sirkku kävisi jonkun muun asunnolla ?

- Ei meillä siitä ole tietoa, molemmat puhuivat yhteen ääneen.

- Nyt on käynyt ilmi, että hän on kuitenkin käynyt erään toisen henkilön asunnolla ja vienyt tämän rahapussista pienen rahasumman. Näin ei voi jatkua. Parasta olisi, jos hän lähtisi pois. Mielellään heti. Voitko Ville käydä sanomassa hänelle tällaiset terveiset. Samalla voit kertoa Sirkulle, että hänen tekemänsä näpistys tulee virkavallan tietoon ellei hän palauta rahoja ennen lähtöään.

- Voinko mennä heti kertomaan hänelle ? Ville kysyi.

- Tee se. Kerron Antille, että viivyt hetken.

Puolen tunnin kuluttua Ville palasi ja sanoi Sirkun lähteneen. Tämä oli ollut pahoillaan tekemisistään ja aiheuttamastaan mielipahasta. Oli antanut Villelle kaksikymppisen palautettavaksi Lindalle. Lupasin hoitaa asian ja Ville antoi rahan minulle. Seurasin kauempaa Sirkun menoa. Poispäin tämä näkyi askeltavan. Mietin, päästiinkö hänestä näin helpolla. Taskussani oli Lindalle kuuluva rahasumma, jonka aioin palauttaa hänelle illalla.

10. Linda tulee läheisemmäksi

Ilta-askareiden jälkeen koputin Lindan kamarin ovea. Hän osasi odottaa jo minua, kun olin aikaisemmin iltapäivällä kertonut hänelle Sirkun lähdöstä. Linda oli sonnustautunut kukalliseen kesämekkoon ja vastapaistetun pullan tuoksu lehahti sieraimiini astuessani hänen asuntoonsa. Linda itse vaikutti sananmukaisesti pullantuoksuiselta punaposkiselta emännältä.

- Tervetuloa! Linda toivotti heti oven avattuaan.
- Kiitos, olet tainnut leipoa oikein pullaa! Vastasin.
- Juhlan kunniaksi.
- Onko sinulla jokin merkkipäivä ?
- Ei, kun ajattelin leikilläni viettää tupareita nyt, kun sinäkin tulit käymään.
- Sopiihan se. Minulla ei ole muuta lahjaa kuin sinulta itseltäsi pöllitty kaksikymppinen.
- Mutta poistit sentään varkaan täältä yhteisöstämme.
- Onneksi hän lähti suosiolla. Pieni pelottelu auttoi asiaa.
- Laitan kahvia tulemaan. Voin sitten esitellä asuntoani.

- Hyvä. Täällä näyttää oikein kodikkaalta. Naisihmisen käden jälki on selvästi havaittavissa ! Tulisitkohan laittamaan minunkin huoneeni vähän siistimpään kuntoon !

- Voidaan siitä sopia myöhemmin. Juodaan nyt ensiksi kahvit.

Kahvia juodessa Linda tuntuu yhtäkkiä läheisemmältä. Pullaa ottaessani käteni osuu Lindan käteen. Hän ei vedä sitä pois säikähtyneenä, päinvastoin hän puristaa kättäni lujempaa ikään kuin tahtoisi sanoa jotakin. Pidän kättäni hetken Lindan puristuksessa ennenkuin irrotan sen sanomalla, että kahvi jäähtyy tätä menoa. Juodaanko ensiksi kahvit? Niin teemme, ja kahvin jälkeen menen halaamaan Lindaa. Seisomme siinä kamarin lattialla pitkän rupeaman kädet toistemme kaulalla.

Siirrymme istumaan sohvalle, suutelen Lindaa ja pientä teerenpeliä pitäen sovimme siitä, että Linda tulee jonakin iltana käymään asunnossani. Muodollisesti siistimään poikamieskämppääni mutta tosiasiallisesti tarkoitus on jatkaa hyvin alkanutta yhdessäoloa.

Erään kerran ilta-aterian jälkeen Linda sanoi tulevansa katsomaan ja siistimään kamariani. Niinpä menimme ruokailun jälkeen suoraan huoneeseeni. Linda katseli huoneeni niukkaa sisustusta, totesi huoneen kuitenkin olevan riittävän tilava. Sanoi vaihtavansa ikkunaverhot. Kohta hän kuitenkin istui viereeni sängyn reunalle ja halasi minua. Tuokion kuluttua suutelimme ja asetuimme vierekkäin sänkyyni makuisilleen. Ehdotin Lindalle, että hän jäisi viereeni koko yöksi. En kuullut vastausta hänen suudellessaan minua kiihkeästi.

Illan vaihtuessa yöksi Linda oli edelleen luonani ja lopulta riisuuduimme saman peiton alle. Nukkumisesta ei tullut mitään, koko yö meni puhumiseen ja kuherteluun. Aamulla Linda pyysi nähtäväkseen myös viereisen huoneen, jos haluaisin senkin käyttööni. Ihmettelin hänen puheitaan, kunnes hän sanoi, että voisi hyvin muuttaa tänne minun luokseni. Sängytkin mahtuisivat vicrckkäin. Niin sitten tapahtuikin. Yhteisön jäsenet seurasivat muuttamista ja onnittelivat uutta pariskuntaa.

Rakensimme Lindan kanssa pesämme vanhaan huoneeseeni. Otimme käyttöön myös viereisen huoneen, jonne kannoimme hänen entisestä huoneestaan tavaroita. Totuttelimme toisiimme. Hämmästyin, miten luontevasti Linda mukautui asumaan kanssani samassa huoneessa ja nukkumaan vierekkäisissä sängyissä. Vaikka Lindalla ei ollut aikaisemmin ketään poikakaveria. Pidimme kuherruskuukautta viikon verran, minkä jälkeen palasimme normaaliin arkirytmiin.

Tämän viikon aikana Marjaana oli hoitanut lehmää ja lampaita sekä auttant keittiössä Katariinaa. Marjaana sai jatkaa vielä näitä askareita joitakin päiviä, sillä me Lindan kanssa kävimme hakemassa hänen kotoaan lisää muuttotavaroita.

Toimme niitä autolla useaan otteeseen kunnes Linda sanoi, että loput voivat jäädä.

Sen jälkeen hän sopi naapurin isännän kanssa talokaupat. Lindan vanhemmat olivat lopullisesti jääneet vanhainkotiin asumaan.

11. Havaintoja

Jenna ja Jalo keskustelivat Antin kanssa vielä järven kuplimisesta useaan kertaan. Tapaus rupesi kiinnostamaan myös Anttia enemmän. Niinpä hän sanoi hankkivansa osto- ja myyntiliikkeessä näkemänsä venäläisen tulenjohtokiikarin ja tarkkailevansa paikkaa vähän kauempaa. Näin sovittiin.

- Oletko havainnut jotakin outoa? Jenna kysyi Antilta muutaman viikon kuluttua.

- Kyllä niin voi sanoa. Outoa se on. Metsässä on pari kertaa liikkunut joku tai jokin. Olen nähnyt vain, kuinka mäntyjen oksat taittuvat ja runkoon tulee viiltoja. Kaarnaa tippuu maahan. Mutta en tiedä, mikä sen aiheuttaa.

- Tuohan on mielenkiintoista. Voidaanko käydä joskus yhdessä katsomassa paikan päällä?

- Tottakai. Käydään milloin vain, kun teille sopii.

- Hienoa. Palataan asiaan.

Keskikesä kului ilman mainittavia havaintoja. Kesä - heinäkuun vaihteeseen sattui tosin muutamia myrskyisiä päiviä, jolloin ei voitu varmasti tietåå, miksi järven vesi kupli tai puista lenteli oksia.

Heinäkuu oli helteinen ja otollinen hyville havainnoille sikäli, kun niitä vain ilmaantuisi. Ja eräänä aamuna odotus palkittiin. Jalo ja Jenna lähtivät aamupäivällä hakemaan Antin kiikareineen mukaansa Kesäjärvelle.

Lähemmäksi soikiota tullessaan he näkivät, kuinka järvestä soikion keskeltä nousi ylös vedenpinnan korkeudelle jokin rakennelma. Se muistutti pihaan rakennettua trampoliinia sekä kooltaan että muodoltaan. Samassa trampoliinille laskeutui soikion muotoinen alus ja koko systeemi painui välittömästi veden pinnan alle.

Hetken kuluttua vesi alkoi kuplia. Sitä kesti kymmenkunta minuuttia ja sen päätteeksi vedestä näytti nousevan pieniä vihreitä olentoja. Ne lipuivat maihin, eivät siis uineet eivätkä kävelleet veden pinnalla vaan tulivat ikäänkuin jokin voima olisi niitä liikuttanut. Olioita oli useita, kokonainen lauma.

Maihin päästyään ne suuntasivat kaikki samaan kohtaan rannalle. Ne näyttivät odottavan jotakin. Näkyi valon väläys ja sitten männyistä alkoivat kaarnat rapista ja oksat tipahdella. Sininen savujuova näytti nousevan rannalta. Se ympäröi oliot. Savu oli kuin sinistä maalia. Se laskeutui alas suihkuna. Osa suihkusta meni olioiden ohi, mutta kaikki saivat osansa. Sumun hälvettyä mitään ei näkynyt. Koko lauma oli poissa.

- Ikäänkuin avaruusalus nousisi metsästä puita hipoen, Jenna arveli.

- Minullakin tulee mieleen samankaltaisia ajatuksia, Jalo ilmoitti.

- Siltä se vaikuttaa, mutta kovin hiljainen se on. Ei kuulu samanlaista melua kuin lentokoneesta sen lähtiessä nousuun. Antti totesi.

Kaikki odottivat vielä kymmenkunta minuuttia, mutta mitään uutta ei ilmaantunut näkyviin. Vähitellen kukin palasi todellisuuteen ja ryhtyi ihmettelemään, mitä juuri oli tapahtunut. Ajatukset risteilivät henkilöltä toiselle.

- Pystyivätkö oliot elämään yhtä hyvin vedessä kuin ilmassa. Vai oliko niillä happisäiliöt mukanaan. - Minne ne sitten menivät, kun sumu peitti otukset?

- Vedettiinkö oliot jollain konstilla toiseen alukseen?

- Vai muuttuivatko ne näkymättömiksi?

- Miksi niitä oli niin monta?

- Oliko niillä suoritettavanaan jokin tehtävä, mihin tarvitaan useita yksilöitä.

- Mistä aineesta olioiden alus oli rakennettu?

- Onko trampoliini lillunut vedessä vuosisatoja ?

Kysymyksiä oli paljon. Päätettiin, että kukin menee itsekseen miettimään niitä ja tavataan, kun jotain on saatu selville.

Jenna ja Jalo olivat lähdössä soutaen Kiulukallioille järven toiselle rannalle. Oli lämmin elokuun alun viikonloppu, järvi on peilityyni. Heidän tarkoituksenaan on mennä paitsi uimaan myös poimimaan mustikoita ja lakkoja läheiseltä suolta. Sikäli kuin marjoja löytyy. Samalla retkellä Jenna ajatteli katsastaa, missä kunnossa on Kesäjärveä kiertävä kinttupolku, pääsisikö sitä pitkin kulkemaan järven ympäri. Keväisin ja alkukesästä polku on aina paikoitellen märkä soistuneilla kohdilla, mutta jo heinäkuussa yleensä pystyy koko matkan kulkemaan kuivin jaloin.

Rantaan tultuaan nuoret havaitsivat melkoisen romukasan aivan kallion vieressä. Sellaista ei siinä viime käynnillä näkynyt. Ja siitä on aikaa vasta muutama viikko.

Jennan täti Salme asuu näet puolen kilometrin päässä Kiulukallioista ja Jenna on vieraillut tädillään hiljattain. Salmen luokse pääsee kyllä oikeata maantietäkin pitkin. Se vaan kiertää kauempaa ja veneellä kulkiessa on helpompi kulkea pieni matka polkua pitkin.

- Mistähän nämä tänne ovat tulleet? Jenna ihmetteli Jalolle.
- Ja millä ne on tuotu? Jalo jatkoi.
- Ei ainakaan kävelypolkua pitkin metsän halki. Lähistöllä ei näy minkäänlaisten rattaiden jälkiä.
- Siis vesitie on ainoa mahdollisuus.
- Olisikohan Salme-tädillä havaintoa siitä, mistä nämä ovat ilmestyneet?
- Käydään heti kysymässä, niin selviää sekin asia.
- Voisikohan tämä liittyä Kesäjärven soikioon? Jenna arvelee hetken hiljaisuuden jälkeen.
- Jaa että tavarat on tuotu tänne ehkä vieraalta planeetalta?
- No, en nyt tiedä mistä. Mitä nämä tavarat muuten ovat? En tunnista niistä ainoatakaan.
- En tiedä kyllä minäkään. Mutta jätetään tuo romukasa hetkeksi ja mennään katsomaan, löytyykö niitä mustikoita.

Nuoret kävelevät ensiksi Salmen asunnolle. Tämä on yllättynyt heidän vierailustaan. Jenna kuitenkin kertoo, ettei kyse ole vierailusta. Vaan he ihmettelevät romukasaa, joka on ilmestynyt Kiulukallioille. Ja tulivat kysymään onko Salmella siitä tietoa? Salmella ei ollut asiasta hajuakaan. Niine hyvineen Jenna ja Jalo palasivat marjametsään kiitettyään Salmea ensin tiedosta tai oikeastaan tiedon puutteesta.

Ajatukset pyörivät kuitenkin ruostuneessa romukasassa ja päivän mustikkasaalis jäi melko pieneksi. Mustikat kerättiin läheltä rantaa. Siitä lähdettiin pitkospuita kulkemaan kohti aavaa suota. Kovin kauas ei tällä kertaa kuljettu. Kuumuus iski heti vasten kasvoja ja mukaan otetut vesipullot tekivät kauppansa. Keskemmällä suota näkyi muutamia kurkia, etsivätköhän nekin marjoja vai kenties sammakoita. Luultavasti molempia. Kalasääsken valtava risupesä erottui yksinäisen männyn latvasta. Jenna tiesi lintujen suuntaavan syksyllä kauas etelään ja palaavan seuraavana keväänä varhain samaan pesään. Tullessaan huhtikuussa sääkset sulattelevat pesää ja ryhtyvät hautomaan munia, joista varttuu lentokykyisiä poikasia kolmessa kuukaudessa.

Suolta sentään löytyy kypsiä lakkoja litran verran kummallekin. Uinti jätettiin tällä kertaa pois ohjelmasta. Ja soudettiin takaisin kotirantaan. Siellä kastauduttiin nopeasti ja kumpikin lähti omaan suuntaansa pohtimaan tätä uutta arvoitusta.

12. Jenna ja Jalo lähteellä

- Kuule, Jenna sanoi Jalolle. Jos sillä järven kuplimisella on yhteys lähteeseen. Eikös se lähdekin päästä toisinaan kuplia.

- Niin minäkin olen kuullut. Lähde pulppuaa joskus ja suihkuttaa vettä. Jalo vastasi. Tosin lähteestä nouseva höyry saattaa toisinaan aiheuttaa harhakuvitelmia.

- Me voisimme käydä katsomassa lähteellä, löytyisikö sieltä jotakin apua tähän järven kuplintaan.

Niin he kulkivat lähteen luo ja istuivat penkille odottaman. Pitkän ajan kuluttua vesi näyttikin pulppuavan hiukan ja nostatti pienen vesisuihkun.

- Aika pieniä nuo kuplat olivat, Jenna tuumi. Olivatko ne yhtään samannäköisiä kuin järven kuplat?

- En tiedä, onko kuplissa eroa. Aika vaisua se pulputus tosin oli. Pitäisikö odottaa, tuleeko sieltä vielä lisää kuplia?

Nuoret päättivät viipyä lähteellä vielä tovin odottamassa uutta vesisuihkua. Sellaista ei kuitenkaan tullut, sen sijaan lähteestä näytti nousevan höyryä. Höyry tuntui kurkussa pistävältä.

Samassa Jalo astui luolan suuaukosta sisään. Lumimyrsky
piiskasi häntä ankarasti. Näkyvyys oli nollassa. Jokin suuri,
valkoinen ja karvainen otus tarttui Jaloa kädestä, nosti
harteilleen ja lähti kuljettamaan häntä kohti vuoren huippua.
Jalo ei ollut varma, oliko hän vuoren sisä- vai ulkopuolella.
Ehkä olento tiesi väylän vuoren seinämän läpi. Silmiään
siristellen Jalo näki häntä kantavan otuksen olevan ainakin
kaksimetrinen, ehkä kyseessä oli jeti. Sellaiseksi otus oli helppo
kuvitella.

Myrsky vain yltyi, lumi tuiskusi vaakasuoraan estäen
näkyvyyden nyt kokonaan. Jeti tuntui tietävän reitin, vakaasti
askeltaen se raahasi Jalon yhä ylemmäs kohti vuoren huippua.
Jalo arveli, minne otus hänet veisi. Pesäänsä luultavasti. Mikä
olisi hänen kohtalonsa? Oliko lumimies ihmissyöjä vai tulisiko
Jalosta jonkinlainen apulainen jetille? Myrsky laantui sen
verra, että Jalo erotti edessä päin risuista ja oksista kyhätyn
rakennelman. Sehän saattoi olla olion maja.

Korvia huumaava jylinä sai Jalon katsahtamaan äänen
suuntaan. Lumimiehen takaa vyöryi valtava lumimassa heitä
kohti. Lumivyöry, ehti Jalo ajatella. Samalla hetkellä hän
huomasi olevansa yksin, jeti oli mennyt matkoihinsa ja jättänyt
hänet laviinin armoille. Pian lumimassa hautasi hänet
kokonaan ja kuljetti alas luolan suulle. Jalo lensi vauhdilla

ulos kallioluolasta ja makasi kohta pitkin pituuttaan
nurmikolla.

Siinä hän havahtui todellisuuteen ja tajusi äskeisen näytelmän
olleen lähteen höyryjen aikaansaamaa harhaa. Miksi näky oli
ollut talvinen, sitä hän ei heti keksinyt.

Jenna näytti olevan Jalon vieressä, mutta tämän silmät
olivat kiinni. Näytti siltä, että Jenna oli jonkinlaisessa
horroksessa. Ehkä hänkin näki höyryn aiheuttamia harhoja?

Herättyään horroksesta Jenna havaitsi Jalon vierellään
ja kysyi, oliko tämä nähnyt näkyjä. Jalo kertoi näkemänsä ja
halusi tietää, millaisia olivat Jennan näyt. Aivan erilaisia,
Jenna aloitti.

Istuin kukkaniityllä lähteen äärellä. Olisiko ollut tämä lähde
kyseessä ! Aurinko paahtoi kuumasti, yläpuolellani leijaili
kolme keijua. Ne kisailivat keskenään. Sitten alkoi kuulua
soittoa ja pitkä rivi metsän eläimiä asteli niitylle. Keijut
ripottelivat vuorotellen kunkin eläimen päälle keijukais-pölyä
ja tanssivat sitten jokaisen kanssa. Pölyn ansiosta
suurimmatkin eläimet nousivat ilmaan pyörähtämään keijun
kanssa pari kierrosta.

Tanssin jälkeen yksi keiju tarjoili mettä. Tunsinkin itseni janoiseksi, mutta jo yksi mesipisara sammutti janoni. Toiset keijut tarttuivat käteeni ja veivät minut piirileikkiin. Ne sanoivat, että voin tulla heidän kanssaan leikkimään milloin vain haluan. Heidät löytää aina lähteeltä. Lopuksi he laittoivat päähäni voikukkaseppeleen.

Toivuttuamme totesimme tämän olleen mielenkiintoinen kokemus, mutta kuplamysteeriä se ei ollut ratkaissut.

13. Jalo ja Sakari

Jalo kertoi Sakarille Kesäjärven soikiosta ja aikoi käydä tämän kanssa rannalla katsomassa mystistä paikkaa. Pojat kävelivät Kesäjärven soikion kohdalle ja pysähtyivät katsomaan, näkyykö vedessä kuplia tai veden yllä sinistä valoa. Tyyntä tuntui olevan niin järvellä kuin maallakin. Lehtikään ei värähtänyt rannan puissa. Vihreitä pieniä miehiä ei myöskään näkynyt. Jokin elävä olento sensijaan kuljeskeli metsässä puiden takana. Ihan pieni se ei ollut äänestä päätellen, mutta siitä ei kumpikaan saanut näköhavaintoa. Olisiko ollut kettu tai peura. Molempia liikkuu näillä seuduilla. Pojat tutkivat rannasta muutamat puihin ilmestyneet naarmut.

- Ensin ne otukset muuttuvat näkymättömiksi ja sitten ne lähtevät lentoon puita raapien.

- Niin, ne viillot ovat melko korkealla. Ei niin pienet miehet ylety sinne ilman apuvälineitä. Jalo jatkoi.

- Jospa se sininen massa, jota heidän päälleen kaadettiin, oli jonkinlainen suojakuori. Ja samalla tämä kuori toimi lentokoneen tavoin. He pääsivät sillä kulkemaan. Sakari arveli.

- Niin, ja tämä Kesäjärven soikio on avaruusaluksen tukikohta, mistä muukalaiset kulkevat muualle maapallolla.

- Varmaan heillä on muitakin tukikohtia. Tätä käytetään lähialueen toimintoihin.

- Tai tietyntyyppiseen toimintaan, mitä se sitten onkaan. En usko, että välimatkat maapallolla ovat muukalaisille este. He tulevat kuitenkin kaukaa ja käsittämättömällä nopeudella.

- Niin, käyttävätkö sitten madonreikiä vai onko heidän tietämyksensä paljon korkeampi kuin meidän. Uskon tähän jälkimmäiseen olettamukseen.

- Mutta muistatko, Jalo sanoi Jennalle, joka oli lähtenyt poikien mukaan. Sitä sinistä massaa oli valunut myös pyörän päälle. Pyyhkimällä väriä ei silloin saatu pois.

- Siinä rungossa se väri on vieläkin, Jenna kertoi.

- Täytyy sulatella näitä juttuja, tuumi Sakari.

Muutaman päivän kuluttua pojat lähtivät kaksistaan veneellä järven toiselle puolelle. Jalo halusi näyttää Sakarille romukasan, minkä hän oli Jennan kanssa löytänyt.

Kiulukallioille tultuaan kaverukset törmäsivät pariskuntaan, joka katseli samaa rojukasaa. Jalo tunnisti naisen Salmeksi, mutta miestä hän ei tuntenut.

- Päivää taas, Salme. Mehän kävimme Jennan kanssa hiljattain mökilläsi kertomassa näistä rantaan ilmestyneistä rojuista. Jalo virkkoi.

- Niitä me tulimmekin katsomaan tuttavan kanssa, Salme sopersi.

- Samaa kasaa mekin tulimme ihmettelemään.

- Ei näitä tavaroita ole käytetty aikoihin. Ikivanhojakin ovat.

Miten lie tänne ovat päätyneet? Salmen miesystävä kertoi.

Sanoi nimensä olevan Kalle.

- Nämäkö ovat ikivanhoja työkaluja? Sakari kysyi.

- Kyllä niitä on maatalossa tarvittu ennen vanhaan, Kalle

vastasi.

- Jospa ne on haudattu maahan aikoinaan ja joku on kaivanut

ne ylös.

- Se vaikuttaa todennäköiseltä, mutta tässä lähellä ei näy

mitään kaivamisen jälkiä.

- Olisiko tavarat sitten nostettu järvestä?

- Onhan se mahdollista, Kalle tuumi.

- VPK:n sukeltaja kyllä harjoittelee järvellä, tiesi Salme. Nämä

voivat olla hänen tekosiaan.

- Onhan se hyvä, että järven pohjaa joskus puhdistetaan, Jalo

ilmaisi mielipiteensä.

Asian saatua näin jonkinlaisen selityksen pojat lähtivät

kulkemaan vielä suolle. Salme jäi Kallen kanssa hetkeksi

katselemaan entisiä tarvekaluja ennen kuin suuntasivat Salmen

asunnolle.

Suon reunaan tultuaan Sakari kysyi Jalolta, tunsiko hän Kallea

tarkemmin.

- Ensimmäistä kertaa näin miehen, Jalo vastasi.

- Ajattelin vaan, että Kallessa oli jotain tuttua.

- Mitä tarkoitat?

- Jokin käsien ele tai naaman liike oli samanlainen kuin sinulla.

- Kuvittelet varmaan, Jalo otaksui.

- Niin kai sitten.

Suolla kulkiessaan poikien ajatukset viipyivät äskeisessä tapaamisessa. Sakari ajatteli sitä, miksi Kallen ilmeet ja eleet muistuttivat niin paljon Jalon ilmeitä. Voisikohan Kalle olla sukua Jalolle? Kalle on kyllä niin vanha, ettei se taida sopia Jalon isäksi. Toisaalta, kyllähän mies voi tulla isäksi vielä vanhoilla päivillään. Pitäisikö kysyä Jalolta? Sakari arveli.

Jalo oli myös huomannut, että Kallessa oli jotakin samaa kuin hänessä. Voisiko se olla sattumaa vai olisiko heidän välillään sukulaisuussuhde? Olisiko Kalle peräti hänen isänsä?

Pojat unohtivat kumpikin mietteensä, kun kurkiparvi laskeutui suolle heidän lähelleen. Sakari ryntäsi juoksuun yrittäen pyydystää kurjen rengastettavaksi, mutta pojan ajatukset tuntuivat olevan muualla. Ja niin kurki pääsi livahtamaan tämän kynsistä. Suurena tappiona ei Sakari tätä menetystä kauan pitänyt.

14. Kiehtovat Kuplat

Kesäjärvessä makaava trampoliinin muotoinen esine askarrutti kaikkia siinä määrin, että asiaan päätettiin ryhtyä etsimän ratkaisua. Kaikki neljä olivat kokoontuneet neuvonpitoon. Jennan ja Jalon lisäksi myös Antti ja Sakari.

- Voitaisiin käydä sukeltelemassa. Kovin syvälle ei kyllä päästä, mutta jos jotain selviäisi heti pinnan alta. Jalo ehdotti.

- Uskaltaako soikiossa sukellella. Ties vaikka törmäisi avaruusalukseen tai muukalaisiin. Jenna arveli.

- Jouduttaisiin kenties ufon kyytiin ja ulkoavaruuteen asti. Sakari jatkoi.

Yhdessä kuitenkin rohkaistuttiin menemään järven rantaan. Yksi toisensa perään jokainen sukelsi soikion pinnan alle tuloksetta. Jotain muuta oli keksittävä, Mitään ei vielä selvinnyt.

Jenna muisti VPK:n sukeltajan joskus harjoittelevan järvessä. Hän lupasi kysyä, voisiko tämä tutkia soikiota pohjaa myöten. Jenna oli joskus pyytänyt sukeltajaa tutkimaan, löytyisikö järven pohjasta heidän vanha soutuveneensä. Se oli eräänä keväänä kadonnut rannalta vakituiselta paikaltaan, jolloin oli arveltu veneen täyttyneen vedellä ja uponneen kevätsateiden ja -myrskyjen aikana. Vene oli ollut rannassa pitkään täynnä vettä. Ja sitten se oli kadonnut. Sukeltajakaan ei ollut löytänyt sitä.

Jalo ja Sakari tiesivät sukeltajan käyneen sukeltamassa järven toisella rannalla. Kiulukallioilla. Jospa hän tulisi tännekin. Jennan pyyntöön soikion pohjan tutkimisesta sukeltaja suhtautui myönteisesti. Jo seuraavalla viikolla nuoret pääsivät seuraamaan rannalta sukeltajan työtä. Puolen tunnin urakan jälkeen selvisi, että pohjalla oli jokin hetekan näköinen esine. Se oli kuitenkin niin uppoutunut liejuun, että sen tarkempi analysointi oli mahdotonta. Mitään avaruusalusta ei siellä näkynyt. Nuoret kiittivät sukeltajaa tiedoista. Tämä sanoi tehtävän olleen hyvää harjoitusta tosi tilannetta silmällä pitäen.

Vesiperä oli sekin. Nuoret olivat pettyneitä. Mikä nyt neuvoksi? Lyhyen keskustelun jälkeen he päättivät tutkia kaikki mahdollisuudet alusta alkaen. Ehkä heiltä oli jäänyt jotain huomaamatta.

Käytiin vielä läpi kaikki tapahtumat, mutta mitään uutta ei keksitty.

Päätettiin lähteä takaisin. Pihaan tultua Jalo muisti yhtäkkiä luonnollisen selityksen veden kuplimiselle. Kyseessä saattaa olla metaanikaasu-purkaus, jonka kesto voi vaihdella. Purkauksen yhteydessä veden pintaan voi nousta pohjassa olevaa maa-ainesta, esimerkiksi sinistä maalia.

- Olisiko kaasupurkaus voinut nostaa pintaan myös veden pohjalla olevan hetekan? Jenna pohdiskeli.
- Ei se varmaan mahdotonta ole, jos purkaus on riittävän voimakas.
- Näinköhän tämä juttu selviää ilman mystiikkaa?
- Onhan siellä vielä se avaruusalus ja ne pienet vihreät miehet.
- Luulen niidenkin johtuvan voimakkaasta metaanipurkauksesta. Nimittäin hetekan päälle on pudonnut joskus jokin tavara, joka on noussut näkyville yhdessä hetekan kanssa. Sehän oli pinnalla vain hetken aikaa ja painui takaisin.
- Niin, ja me kuvittelimme näkevämme siinä avaruusaluksen. Sehän saattoi olla vaikka puun oksa tai muutama oksa kietoutuneena toisiinsaa.
- On siinä vielä yksi mysteeri. Ne jäljet puissa.

Pojat tapasivat Antin pihamaalla. Ja kertoivat ajatuksistaan. Järkeviltä nuo perustelut hänestäkin tuntuivat. Puihin ilmestyneistä jäljistä hän oli sitä mieltä, että ne voivat olla joko salaman aiheuttamia tai petoeläinten raapimia.

Ainakin kerran kesän aikana oli ollut myrskysää, joten salama olisi mahdollinen selitys niille jäljille. Mitä petoeläimiin tulee, niin ilveksiä näkyy joskus näillä main . Lisäksi kuusipuista on saatettu raapia pihkaa pois, jolloin runkoon jää siitä jälki.

En kyllä vielä tällä syömisellä usko, että asia selviäisi näillä arveluilla. Parasta pitää pieni tauko ja jatkaa pohdiskelua sen jälkeen. Jenna ehdotti.

- Sopii meille, kaikki muut vastasivat yhteen ääneen.

15. Syksy

Jalo vihelteli Smetanan Moldauta tallatessaan syksyn lehtien peittämää tietä. Kesän työt Väinölässä oli tehty ja syksy alkamassa. Perjantai - iltapäivän heikko tihkusade ei masentanut mielialaa Jalon kävellessä viimeisen työpäivänsä päätteeksi kohti majapaikkaansa. Pekka Puolajanmäki oli antanut sekä Jalolle että Jennalle luvan majoittua entisiin huoneisiinsa aina viikonloppuisin. Kouluviikon jälkeen olisi mukava muistella kesän puuhia maalaistalossa.

Jennan kanssa oli sovittu jo tapaamisesta ensi lauantaina. Voitaisiin kalastella pitkälle syksyyn, katiskoista oli tullut kesän mittaan joskus isojakin kaloja. Pääasiahan oli tietysti Jennan tapaaminen, ei niinkään kalansaalis.

Vaikka Jalon kesätyöt päättyivätkin, oli sovittu että hän voisi autella pikku askareissa, mikäli hänellä on koulusta lomaa. Jenna oli sanut luvan harjoitella ratsastamista talon hevosella, Harmolla. Se oli hankittu alunperin Antille tavarankuljetuksia varten.

Syksy oli Jalon lempivuodenaika. Ilmojen pimetessä ja viiletessä mielikuvituskin lähti laukkaan. Katulamput syttyivät. Puiden ja talojen varjot heräsivät eloon. Jalo piipahti metsäpolulle. Metsässä tuntui päällimmäisenä mätänevien haperoiden, rouskujen ja tattien haju. Puiden lehtien lomasta saattoi silti löytää syötäviä sieniä. Kävely metsässä muuttui usein hyötyliikunnaksi.

Jenna näytti ratsastavan Jaloa vastaan metsätiellä. Hän oli ryhtynyt harjoittelemaan ratsastusta enempi Jalo kyselyjen jälkeen.

- Oletko tehnyt pitkänkin lenkin? Jalo kysyi.

- Kiersin tämän valaistun radan. Jenna pysähtyi juttusille.

- Näitkö muita kulkijoita?

- Ei siellä vielä ketään ollut. Tulevat myöhemmin illalla kiertämään lenkkiä.

- Minäkin lopetin tänään työt. Lähdin vähän aikaisemmin, kun ei ollut enää mitään kiireellistä.

- Mutta tulethan sinä sunnuntaina kuten sovittiin.

- Tietysti. Minähän voisin silloin hoitaa hevostasi Vien sen vaikka uimaan, jos on kuuma päivä.

- Niin, kyllä Harmo on jo tottunut sinuun. Ainakin voit antaa sille heiniä ja juottaa sen.

- Selvä. Nähdään sunnuntaina. Taidan mennä nyt kotiin.

- Tehdään niin. Jenna antoi Jalolle lentosuukon ja pohkeillaan Harmolle lähtökäskyn.

Jalo kulki mietteissään tietä pitkin. Joku hevosmies oli tulossa häntä kohti. Sillä hetkellä kun hevonen ohitti Jalon tämä näki, kuinka ajuri kaivoi etusormellaan antaumuksella nenäänsä. Jaloa rupesi naurattamaan kun hän muisti kasvatusäitinsä neuvot. Tämä oli kieltänyt Jaloa kaivamasta nenäänsä.

- Jos sinun on aivan pakko tehdä sellaista, voisit sipaista nenänvarttasi etusormella ulkopuolelta. Käytä nenäliinaa!

Kesä Väinölässä oli sujunut oikeastaan paremmin kuin Jalo oli osannut kuvitella.

16. Kalastusta

Kauko tuli yhteisöön keskikesällä lähes samaan aikaan Paavon kanssa. Pojat olivat serkuksia ja heille löytyi majoituspaikka vanhemman asuintalon vintiltä. Kyseessä oli avovintti, joten siellä oli hyvin tilaa kahdelle sängylle ja muille tarpeellisille tavaroille. Tarkoitus oli myöhemmin rakentaa vinttiin kaksi huonetta, mutta kesäaikaan siellä pystyi hienosti asumaan.

Pojat olivat molemmat innostuneita kalastamisesta ja tekivät ensi töikseen pitkänsiiman laatikkoineen. He arvelivat 40 koukun riittävän aluksi. Matoja siimaan tarvittiin yhtä monta kuin koukkuja. Siinäkin riitti kaivamista. Vanhan maatalon tiluksilta löytyi kuitenkin vaivatta tunkio, josta madot oli helppo noukkia. Tilan nurkista löytyi jokunen vanha katiska, jotka laitettiin myös pyytämään. Myös mato-ongella kokeiltiin kalaonnea. Sopivaa kala-apajaa ei heti löytynyt, joten pojat päätivät rakentaa sellaisen. Jonkun matkan päähän rannasta upotettiin turo eli muutama pieni kuusi kalojen kutupaikaksi. Kalastus turon läheisyydessä antoi yleensä paremman saaliin kuin muualla.

Vähitellen kalan pyyntiin hankittiin myös verkkoja. Kalojen perkaaminen kuului sekin pojille. Pojat laittoivat rantaan myös savustustynnyrin, jota käyttivät toisinaan kun kalaa tuli enempi. Mikäli isompia kaloja tuli jonakin aamuna useita, paikallinen kauppias otti niitä myyntiin. Toisinaan joku kalasta pitävä kyläläinen oli aamulla rannalla odottamassa poikia heidän tullessaan verkoilta. Tästä aamumyynnistä tuli joskus muutama ropo.

Eräänä aamuna verkoille lähtiessään Kauko ja Paavo eivät löytäneet venettä mistään. Pojat olivat varmoja siitä, että olivat vetäneet edellisiltana veneen riittävän hyvin maihin. Tuuli ei ole voinut venettä viedä. Eivätkä toiset sitä juuri koskaan käyttäneet. Ja jos joskus halusivat lähteä veneellä, ilmoittivat siitä kyllä Kaukolle tai Paavolle. Pojat katselivat järvelle, sielläkään ei näkynyt mitään. Mietittyään hetkisen kaverukset päättivät mennä kertomaan asiasta Pekalle.

Pekka pohti pulmaa tovin, ja kysyi sitten, ovatko pojat kysyneet veneestä Taistolta. Olisiko tämä lähtenyt soutelemaan aamuvarhaisella? Yhdessä käveltiin Taiston mökille ja koputettiin oveen. Kukaan ei vastannut, joten mentiin takaisin rantaan odottamaan. Vartin kuluttua vene näkyi saapuvan, Taisto oli soutaja. Päästyään maihin Taisto kertoi lähteneensä veneilemään, kun aamu oli niin kaunis eikä uni enää maittanut. Taistolle selostettiin aamun tapahtumat. Ja pyydettiin häntä joskus aamulla poikien mukaan verkoille ja katiskoille. Taisto oli vähän harmissaan, kun oli tietämättään ottanut poikien

veneen. Mutta lupasi tulla aamukalaan jonakin aamuna, kun
ilma on sopiva.

Jonkin päivän kuluttua Taisto odotti rannalla poikia
heidän tullessaan aamulla veneelle. Lähdettiin yhdessä
kokemaan verkkoa ja katiskoita. Taisto jutteli aikaisemmista
kalastuskokemuksistaan. Hän oli yleensä vain ollut mato-
ongella tai pyytänyt kalaa katiskalla, mutta souteli mielellään
järvellä huvikseen. Niinpä hän nytkin tarjoutui soutajaksi. Se
sopi pojille, jotka kertoivat laittaneensa järveen muutaman
turon kalojen kutupaikaksi. Taistolle näytettiin turojen paikat,
jos tämä joskus haluaa tulla onkimaan.

Tällä kertaa katiskat olivat miltei täynnä kalaa, enimmäkseen
ahvenia. Verkoista löytyi myös koko joukko kohtalaisen suuria
siikoja parin hauen ja lahnan lisäksi. Pojat kiittelivät Taistoa
kala-onnesta. Taisto ehdotti, että osa kaloista savustettaisiin ja
osa laitettaisiin kalakukkoon. Savustukseen pojat suostuivat
ilomielin, mutta kalakukosta ei kumpikaa ollut kuullut
aikaisemmin. Taisto sanoi tuntevansa reseptin ja kertovansa sen
keittiöhenkilökunnalle.

Sinä iltana pidettiin rannalla grillin ääressä
savukalamaistiaiset. Tarjolla oli myös ahvenkukkoa, jonka
Linda oli paistanut Taiston ohjeiden mukaan. Siinä iltaa

istuessa käytiin läpi yhteisön asioita. Rakennus- ja sähköistystyöt oli osittain saatu jo valmiiksi. Uusia mökkejä ajateltiin rakentaa vielä pari kappaletta, kun oltiin homma jo tavallaan opittu. Tikkaa heittäessä tuli puheeksi myös mahdolliset kihlajaiset. Meitähän oli yhteisössä kolme paria, jotka näyttivät sopivan toisilleen. Leikillisesti puhuttiin, että juhlitaan kihloja joulun tienoilla kaikki yhtä aikaa.

Yhteisön säännöt laadin sitä mukaa kun ongelmatilanteita esiintyi. Säännöt hyväksyttiin yhteisissä kokouksissa. Yleensä puhuttiin talon tavoista. Yhteisön jäseniltä edellytetään työtä yhteiseksi hyväksi noin 10 - 20 tuntia viikossa. Esimerkiksi metelöintiä iltamyöhällä klo 22:n jälkeen pitää välttää ja se on sallittua vain erityisestä syystä. Juopottelua ei katsota hyvällä.

Keräsin maatilalle nuoria pareja, työteliäitä henkilöitä eri ammateista. Maalareita, muurareita, keittäjiä. Mitä kaikkea tilalla voitiin tarvita. Otin joskus käytännön asioissa oppia amisseista, joiden yhteisö kasvoi kasvamistaan Amerikassa Philadelphian tienoilla. Uskonnon vapaus sen sijaan oli jokaisella yhteisön jäsenellä. Kaikkia amissien oppeja en aikonut ottaa käyttöön. Sähkön käyttö oli sallittua jopa välttämätöntä eikä kaikkea aina tarvitsisi tehdä raskaimman mukaan. Myös autoa voisi käyttää apuna kulkiessaan. Yritin ottaa oppia myös aikaisemmista yrityksistä muodostaa ihanneyhteisö kuten Brasilian Penedosta. Tunnistin vaaran paikat ja yritin keksiä keinoja, miten välttää niitä. Kun yhteisössä joskus esiintyi ongelmia, suuntasin kulkuni lähteelle. Se pulppusi kuumia höyryjä ympäri vuoden. Otollisena ajankohtana pulahdin lähteeseen miettien samalla ongelmaani. Ja silloin lähde iskosti silmänräpäyksessä ratkaisun alitajuntaani. Tämän jälkeen kutsuin kokouksen koolle. Siellä tehtiin yleensä lähteen neuvoma päätös hankalasta asiasta.

Lähde neuvoi myös esimerkiksi rohdot erilaisiin pikku sairauksiin. Joskus lähteessä ollessani mielessäni käväisi pelko lähteen säilymisestä tällaisena jatkossakin. Lähde oli nimittäin vaurioitunut silloin tukkirekan ajautuessa osittain sen päälle. Ja nyt esimerkiksi aura-autot työnsivät hiekkaa ja talvella lunta aivan kiinni lähteeseen. Osa hiekasta valui lähteen silmään. Voisiko käydä niin että hiekka lopulta tukkisi lähteen kokonaan? Viisainta olisi rakentaa suojakaiteet lähteen ympärille. Olin esittänyt asian kunnan silmäätekeville, mutta toistaiseksi en ollut saanut ehdotukselleni vastakaikua.

17. Mari, Meri ja Mira

Sisarukset asuivat vielä kotonaan, vaikka olivat kaikki jo parikymppisiä. Mari oli heistä vanhin ja - tekisi mieli sanoa - viisain. Meri oli sisaruksista iloisin ja eläväisin, aina valmiina minne sitten oltiinkin menossa. Mira oli joukon harkitsevaisin. Hän halusi miettiä asiat loppuun asti ennen kuin ryhtyi mihinkään uuteen. Toisaalta, tytöt tekivät usein asioita yhdessä, joten Mira oli monasti mukana siksi, kun muutkin ovat.

Vanhemmat olivat kuljettaneet tyttöjä harrastusten parissa ja tukeneet heitä kaikissa heidän toimissaan. Ulkopuolisen silmin voisi sanoa, että heillä oli ollut ihanteellinen lapsuus ja teini-ikä. Nyt he olivat päättäneet irtautua kotoaan ja hakeneet sen vuoksi Väinölän yhteisön jäseniksi.

Eräs syy siihen, miksi he halusivat Väinölään, juonsi juurensa vuosien takaa. Tyttöjen äiti on Väinö-setäni vaimon sukulainen, itse asiassa tämän kummityttö. Ja tytöt olivat käyneet siihen aikaan maatalossa usein kylässä ja olleet apuna perunapellolla. Maisemat olivat siis heille tuttuja ja herättivät itse kussakin mukavia lapsuusmuistoja. Heistä tuntui luonnolliselta aloittaa aikuistuminen täällä tutussa ympäristössä.

Tänne tultuaan tytöt kävivät katsomassa lähistöllä entisiä leikkipaikkojaan. Tuolla oli puu, jonne he olivat kiivenneet. Rantahietikolla oli kivi, jossa oli heidän kotileikkinsä ollut. Sinne he olivat kuljettaneet nurkista löytämiään tavaroita. Ja sinne ne olivat syksyllä unohtuneet. Vanhemmat olivat ennen talvea hakeneet leikistä talteen sakset ja muuta käyttökelpoista keittiötavaraa.

Kalastajapojat olivat vetämässä juuri venettä maihin tyttöjen tullessa rantaan.

- Kalastamastako olette tulossa? Mari kysyi.
- Käytiin soutelemassa etupäässä, illemmalla katsotaan verkot, Paavo vastasi.
- Oletteko uusia asukkaita ? Kauko tiedusteli.
- Joo, minä olen Mari ja tässä ovat Meri ja Mira.
- Teilläpä on hauskat nimet. Minä olen Kauko ja kaverin nimi on Paavo.
- Varmaan nähdään täällä sitten jatkossakin.

Mari heilautti kättään pojille ja kiiruhti Merin ja Marin kanssa eteenpäin tutustumisretkellään.

18. Jalo, Jenna, Sakari

Eräänä syksyisenä viikonloppuna Jalo ja Jenna olivat jälleen käymässä Väinölässä. Sakari oli otettu mukaan. Jalo oli miettinyt itsekseen kesäistä tapaamistaan Salmen ja Kallen kanssa. Kallessa oli jotain samaa kuin hänessä, Sakarikin oli sen huomannut.

Jalo oli kertonut sekä Jennalle että Sakarille olevansa ottopoika, jolla ei ole tietoa oikeista vanhemmistaan. Ja hän haluaisi saada heistä jotain tietoa.

Jenna oli kyllä kysellyt kotona Salmesta tietoja, mutta mitään ratkaisevaa ei ollut selvinnyt. Niinpä kolmikko souti Salmen luo. Tämä oli hivenen yllättynyt vierailusta, mutta kutsui kuitenkin heidät sisään.

Jalo esitti asiansa niin, että hän haluaisi tietoja Kallesta. Siis siitä miehestä, jonka he näkivät Salmen kanssa taannoin romukasalla.

- Mitä te Kallesta? Ei kai se ole mitään tehnyt? Salme säikähti.
- Eipä me Kallen nykyisistä tekemisistä tiedetä eikä välitetä, Jalo vastasi.

- Mutta tietääkö Salme – täti, onko Kalle ollut naimisissa ja onko Kallella lapsia. Jenna puuttui puheeseen.

- Kyllä se naimisissa oli, vaan nyt on leski. Taitaa sillä Kallella olla kaksi aikuista poikaa. Mitä te sillä tiedolla teette?

- Sitä mietittiin, että Kallella on samanlaisia tapoja kuin tällä Jalolla. Ja on niissä samaa näköäkin. Ajateltiin, että voisivatko olla sukulaisia. Sakari selitti.

Salme katsoi Jaloa, mietti jotain itsekseen ja sanoi, ettei tiedä Kallen sukulaisista. Mutta kertoi, että Kalle käy kyllä toisinaan veneellä häntä tapaamassa. Tuolla se asuu järven toisella puolella. Salme katseli mökkinsä ikkunasta järvelle. Siellä näkyi askaroivan tutun oloinen mies.

Nuoret kiittivät tiedoista ja lähtivät takaisin veneelle. Salme tuli saattamaan heitä ja asteli ihmeissään takaisin mökkiinsä. Ilta-auringon valossa hän katseli järven toiselle puolelle Kallen taloa. Auringon säteet heijastuivat ikkunasta. Mahtoikohan Kalle olla kotonaan. Pitää ottaa hänen kanssaan puheeksi tuo nuorten epäily, jospa hän tietäisi siitä jotakin.

Tultuaan veneelle kolmikko päätti soutaa samantien Kallen asunnolle, kun nyt tiesivät sen sijainnin. Asia kiusasi nyt heitä kaikkia, ei pelkästään Jaloa. Perille tultuaan he löysivät Kallen pihamaaltaan ja esittivät asiansa.

Kalle katseli Jaloa ja seurasi tämän liikkeitä. Kyllä hänkin oli näkevinään niissä jotain yhtäläisyyttä itseensä ja omaan olemiseensa. Jalon ikää kysyttyään Kalle sanoi olleensa jo leskenä silloin, kun Jalo oli syntynyt. Eikä hänellä ollut uutta vaimoa silloin eikä sen jälkeenkään. Kallen pojat olivat silloin jo molemmat muualla naimisissa. Tuntui siltä, että asia ei selviäisi. Pettyneinä nuoret lähtivät soutamaan kohti Väinölää

19. Pikkujoulut

Marraskuun lopulla syntyi ajatus yhteisten pikkujoulujen järjestämisestä. Yhteisöön oli saatu syksyn mittaan myös kolme nuorta naista. Mari, Meri ja Mira olivat teini–iän juuri ylittäneitä sisaruksia. He asuivat juuri valmistuneessa mökissä keskenään. Kaikki he olivat ruoanlaittotaitoisia ja innokkaita näyttämään, minkälaisia herkkuja loihtisivat pikkujoulupöytään. Niinpä pääemäntä Katariina sai Lindan kanssa pitää ruoanlaitosta tällä kertaa vapaata.

Joulukuisena viikonloppuna juhlat järjestettiin päätalon tuvassa. Petteri oli hakenut Villen kanssa pienen kuusen, jonka koristelemisen tytöt suorittivat. Kukin oli tahollaan tehnyt tai hankkinut pienen lahjan pukinkonttiin. Illan kohokohtana olisi oikean joulupukin vierailu.

Peruna-, lanttu- ja porkkanalaatikoita oli tarjolla. Samoin itse pyydettyä ja itse valmistettua graavisiikaa. Kinkku paistettiin, tänä jouluna ei ainakaan vielä ollut oman sian kinkkua. Sekahedelmäsoppaa jälkiruoaksi. Joulupuuroon oli piilotettu leikkimielisesti manteli. Sen sai lautaselleen Mari. Tätä seurasi arvuuttelu Marin tulevasta sulhasesta. Nuoret pojat katselivat toisiaan sen näköisinä, että kukahan se meistä on, se tuleva Marin sulhanen.

Joulupukin virkaa hoitava Taisto saapui jakamaan lahjat. Kun kaikki olivat saaneet pakettinsa, pussin pohjalla oli vielä yksi paketti. Siinä oli Katariinan nimi. Häntä ruvettiin etsimään, mutta ei löydetty mistään. Omassa huoneessaan hän ei ollut. Lauri ryhtyi kyselemään, kuka oli nähnyt viimeksi Katariinan. Kukaan ei tiennyt asiasta. Lopulta Taisto sanoi tavanneensa tämän siihen aikaan, kun oli hakemassa vintiltä pukin vaatteita ja lahjakonttia.

- Mitä puhuit hänen kanssaan, Lauri kysyi.

- Pukin tavaroista oli puhetta.

- Entä muuta ?

- Ei erikoisempaa.

- Tuossa lahjoja jakaessasi olin haistavinani, että tuoksut alkoholille.

- Niin, otinhan minä pienet.

- Tarjositko Katariinalle ?

- En, tai oikeastaan hän pyysi saada naukut.

- Kauanko siitä on aikaa ?

- Pari tuntia.

- Sanoiko hän menevänsä jonnekin ?

- Ei, mutta nyt kun kysyit, muistan hänen lähteneen kävellen kylälle päin.

- Minun täytyy lähteä hänen peräänsä, Lauri sanoi.

Minulle Lauri kertoi ennen lähtöään, että Katariina on alkoholisti. Jos hän saa pisarankin väkevää, hänen elimistönsä vaatii sitä aina lisää. Hän on ollut hoidossakin, mutta laihoin tuloksin. Olin hiukan tyrmistynyt tiedosta. Olinhan kysynyt lähteeltä Katariinan kelpoisuutta yhteisöön. Päätin käydä tarkistamassa tietoni lähteeltä ensi tilassa. Muille en kertonut vielä tietojani Katariinasta. Odotin Laurin tuloa. Hän saapui yksin kolmen tunnin kuluttua. Oli selvinnyt, että Katariina oli tavannut entistä juopporemmiä ja lähtenyt heidän kanssaan. Tänään Katariinaa ei tavoitettaisi, siihen voisi vierähtää useampi vuorokausi.

Taistolle kävin kertomassa tietoni. Hän oli pahoillaan aiheuttamastaan tilanteesta. Ja otti syyn niskoilleen. Samalla Taisto myönsi rikkoneensa yhteisön sääntöjä ja sanoi tästä lähtien pidättäytyvänsä väkevien nauttimisesta. Jos kaikki muut tulevat siihen tulokseen, että hänen pitää lähteä muualle, hän kyllä tottelee.

Katariina ei tullut enää takaisin. Lauri kertoi, että juopotteluputkensa päätteeksi Katariina oli ollut häpeissään eikä halunnut palata yhteisöön. Sen sijaan hän hakeutui vapaaehtoisesti jälleen hoitoon alkoholistiparantolaan. Lauri

sanoi miettivänsä, miten elämä jatkuu. Toistaiseksi hän jää
yhteisöön ja tekee töitä kuten ennenkin.

Keittiössä Katariinan paikan peri Mira. Aluksi kaikki
kolme sisarusta kokeilivat laittaa yhdessä ruokaa, mutta ajan
mittaan Mari ja Meri kiinnostuivat enempi Antin porukan
pojista Villestä ja Petteristä. Linda oli Miran tukena
ruoanlaittohommissa.

Taisto jäi mökkiinsä ja vietti aikaansa yhä enemmän
kalastajapoikien Kaukon ja Paavon kanssa. Järven saatua
kantavan jääpeitteen he kävivät pilkkimässä. Ja kokeilivat
joskus laittaa verkon jään alle kahden avannon väliin.

20. Talvella

Syksyllä oli tilalla nostettu perunat, lantut ja porkkanat. Punajuuria ja kaaleja oli saatu niitäkin säilöön. Marjoista oli tehty hilloja ja mehuja. Lampaille oli kerätty lehtikerppuja talvea varten. Talveksi suunnittelin metsän hakkuuta. Antti ja Lauri ottivat sen yhteiseksi projektikseen. Ville ja Petteri toimivat apulaisina keräten ja kasaten oksia, joista saataisiin polttopuuta. Tukeista oli määrä sahata lautoja myöhempiä rakennustöitä varten. Myös Paavo oli toisinaan mukana metsätöissä milloin ei ollut kalastamassa. Kauko kutoi joutoaikanaan rysiä ensi kesän kalareissuja varten.

Joulun ja uudenvuoden aikaan kävi viikonloppuvieraita mökeissä. Heidän varatessa tiloja pyrin aina tarkistamaan, ettei tulisi otettua mitään rähinäremmiä vieraiksi. Kävin talvellakin toisinaan lähteessä kylpemässä ja pyrin varmistamaan, että valitsen vain kunnollista väkeä lomamökkeihin. Kuitenkin joskus sattui ikäviä asioita kuten se, että kerran lomalla ollut poikajoukko yritti väkisin tunkea Marin, Merin ja Miran kanssa yhteissaunaan tyttöjen vastustuksesta huolimatta. Saunalta kuuluva kova meteli herätti silloin Antin ja Laurin huomion. Toisistaan tietämättä kumpikin meni katsomaan, mikä oli metelöinnin syy. Pojat nähtyään he arvasivat, mistä oli kyse ja käskivät poikien mennä omaan mökkiinsä.

Yksitellen pojat poistuivat saunalta mökkiinsä. Kaksi heistä oli kuitenkin nauttinut sen verran väkeviä, että heitä ei meinattu saada paikalta millään. Tilanne junnasi paikallaan, tapahtumat eivät kehittyneet mihinkään suuntaan. Antti huusi tytöille, että he voivat mennä rauhassa asunnolleen. Ja niin kolmikko pinkaisi puolijuoksua omaan mökkiinsä lukiten sen ovet. Pojat jäivät hönössään ja hölmistyneinä vielä saunan edustalle Antin ja Laurin lähtiessä takaisin asunnoilleen.

Tapahtumista kuultuani kävin seuraavana päivänä katsomassa saunalla ja ympäristössä, oliko siellä aiheutettu jotain aineellista vahinkoa. Ja menin kysymään tytöiltä, miten he olivat suhtautuneet tilanteeseen. Tytöt olivat alkuun säikähtäneet, mutta rauhoittuneet Antin ja Laurin paikalletulosta. Sen jälkeen menin poikien mökkiin kertomaan, että heidän tulee poistua tilalta mahdollisimman pian. Eikä heillä eilisten tapahtumien jälkeen ole asiaa uudestaan tänne. Kerroin vielä, että tytöt saattavat ilmoittaa tapahtuneesta viranomaisille. Pojat kuuntelivat krapulaisina puheitani ja lupasivat lähteä heti, kun saavat kamppeensa kasaan. Mietin, onko lähteen voima heikentynyt. Miksi se ei varoittanut minua tästä juopottelevasta poikalaumasta. Kävin tapauksen jälkeen vielä lähteessä kylpemässä ja yritin kysyä asiasta. Mutta lähde oli hiljaa, edes vesuísuihkua se ei nostattanut. Neuvottomana katselin, miten lähteen reuna oli peittynyt jo osittain tieltä aurattuun hiekkaan ja lumeen. Mielessäni kävi ajatus rakenta itse suojapuomit lähteelle, koska kunta ei ollut ottanut kantaa ehdotukseeni. Sitä ei varmaan katsottaisi suopein silmin, joten luovuin ajatuksesta. Ja toisaalta, jos lähde ei enää toimi kuten ennen, on suojapuomin rakentaminen liian myöhäistä.

Väinö oli kai menettänyt jo toivonsa meidän yhteisössä asuvien suhteen eikä jaksanut enää antaa neuvoja. Katariinan lähtö oli ollut yllätys ainakin meille yhteisön jäsenille. Mira oli perinyt hänen paikkansa keittiössä, ehkä myös Laurin sydämessä. Siltä se joskus tuntui Miran viihtyessä yhä pitempään Laurin luona vapaa-aikoinaan.

Mari ja Meri kulkivat usein poikien mukana Antin työporukassa. Ville tuntui etsivänsä usein Merin seuraa, Petteri taas paneutui enempi töihinsä kuin katseli tyttöjä. Mari siivosi tunnollisesti roskat, jotka työporukka oli saanut aikaan. Mari myös kuumensi toisinaan arki-iltoina saunalla pesuvettä porukalle, jotta nämä voisivat peseytyä useinkin hikisten töiden jälkeen. Varsinaisesti saunomisesta ei ollut kyse. Työpäivän jälkeen oli totta kai mukavampi olla puhtaissa vaatteissa kuin hikisissä. Mari tapasi käydä muiden jälkeen viimeksi pesemässä itsensä. Erään kerran saunaan astuessaan hän huomasi Petterin olevan vielä siellä. Petteri hämmästyi nähdessään Marin alasti, mutta pyysi sitten tätä pesemään selkänsä. Kun nyt satuttiin yhtä aikaa saunaan. Marin ei auttanut muu kuin totella. Niin hän kaatoi vettä Petterin selkään ja harjasi sitä saippuoimallaan sudilla. Pesun jälkeen Petteri kääntyi Mariin päin ja otti tämän syleilyynsä, eikä Mari vastustellut.

Vähitellen kaikille kävi selväksi nämä uudet suhteet. Kukin hyväksyi ne tavallaan eikä kenenkään tarvinnut muuttaa pois yhteisöstä sen takia. Vain Linda ja minä pidimme kiinni toisistamme. Ei sen puoleen, että kukaan olisi meidän onneamme uhannutkaan. Voiko tällaisella yhteisöllä olla tulevaisuutta ? Tällä hetkellä kaikilla näytti olevan haluja jatkaa yhdessä asumista. Luulen, että ensi syksynä olemme monessa asiassa viisaampia. Silloin selvinnee, kuinka yhteisömme käy. Jatkuuko yhteiselo jossakin muodossa vai loppuuko se kokonaan. Jälkimmäisessä tapauksessa yritän ensiksi pitää yksityistä lomakylää, josta tarjoan huoneita lyhyempään ja pitkäaikaisempaan asumiseen. Ellei se lyö leiville, saatan tarjota maatilaani kunnan ostettavaksi. Sehän voi pitää paikkaa lomapaikkana, jonne kunnan virkamiehet pääsevät viettämään lomaansa varausjärjestelmän mukaan.

21. Sukua

Hiihtolomalla Jalo ja Jenna tulivat vielä käymään Väinölässä. Molemmilla oli sukset mukana. He aikoivat hiihdellä järven jäällä kauniissa auringonpaisteessa, sillä järvi oli ollut jäässä jo pitkään ja kantoi kyllä hiihtäjää. Pilkkijöitä oli jäällä liikkunut jo kuukausikaupalla. Siinä järven selällä Jennalle tuli mieleen käväistä katsomassa Salmea. Ja sinne he lykkivät suksillaan. Salme ilahtui nähdessään nuoret ja kutsui sisään juomaan kahvia. Kumpikin kaipasi juotavaa, mutta valitsivat kahvin asemasta mehua. Istuttuaan tovin nuoret kysyivät Salmelta, oliko tämä puhunut Kallen kanssa Jalon ja hänen yhdennäköisyydestä.

- Kyllä minä siitä Kallelle mainitsin.
- Mitä hän siihen sanoi?
- Kertoi teidän käyneen hänen luonaan siitä kysymässä.
- Mutta silloin me emme saaneet asiaan lisäselvitystä.
- Ei Kalle minullekaan meinannut kertoa.
- ??
- Pitkään mietittyään Kalle kuitenkin sanoi, että voi se olla mahdollista.
- Mikä on mahdollista?

- Että Jalo on hänen poikansa.

- Hyvänen aika !

- Niin, Kalle oli tavannut niihin aikoihin erään naishenkilön.

- Kuka tuo nanen oli?

- Sitä Kalle ei kertonut.

- Miksi hän halusi salata sen?

- Sattui niin, että Kalle sai silloin kovan yskän kohtauksen eikä pystynyt puhumaan. Ja siitä toivuttuaan hän oli kovin väsynyt. Enkä minä silloin huomannut häntä patistaa puhumaan.

- Vieläkö sen voisi saada selville?

- Kalle menehtyi vähän sen jälkeen, joten hän ei sitä pysty enää kertomaan.

Niine hyvineen nuoret suksivat takaisin Väinölän rantaan kiitettyään sitä ennen Salma tiedoista. Hiihtäessä Jalo kertoi Jennalle, että kirkonkirjoista kyllä löytyisi äidin nimi. Ainakin, jos tarkka syntymäaika on tiedossa. Voihan tietysti olla, että äiti on mennyt synnyttämään muualle kuin kotipaikkakunnalleen. Problema kuitenkin ratkesi ellei kokonaan niin suurelta osin.

Sisällys

1.	Sonnivuori	5
2.	Vanha kotini	13
3.	Väinölä	17
4.	Antti ja Marjaana	28
5.	Linda	33
6.	Uusia aukkaita	45
7.	Jalo ihastuu	51
8.	Kuplia	61
9.	Sirkku	70
10.	Linda tulee läheisemmäksi	74
11.	Havaintoja	78
12.	Jenna ja Jalo lähteellä	85
13.	Jalo ja Sakari	89
14.	Kiehtovat kuplat	93
15.	Syksy	97
16.	Kalastusta	100
17.	Mari, Meri, Mira	105
18.	Jalo, Jenna, Sakari	107
19.	Pikkujoulut	110
20.	Talvella	114
21.	Sukua	118
	Sisällys	120